마 탄 의

# 사수

# 마탄의 사수 46

ⓒ 이수백, 2017

**초 판 인 쇄** 2021년 3월 02일
**초 판 발 행** 2021년 3월 09일

**발 행 인** 김명국
**책 임 편 집** 황수민
**제 작** 최은선

**발 행 처** 주식회사 인타임
**출 판 등 록** 107-88-06434(2013년 11월 11일)
**주 소** 서울시 구로구 디지털로 33길 28, 304호(우림이비지센터 1차)
**전 화** 02-2637-4571
**이 메 일** in-time@nate.com

**ISBN** 979-11-03-31705-8 (04810)
      979-11-03-31704-1 (세트)

정가 8,000원

마탄의 사수

이수백 게임판타지 장편소설

46

INTIME GAME FANTASY STORY

Der Freischütz Musketeer

INTIME

# 차 례

Geschoss 1.

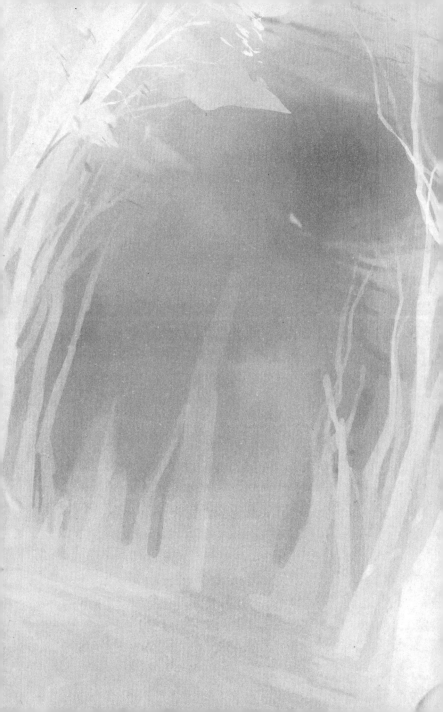

　[중앙의 맨티코어 군단을 시작으로 전방 좌측 방면이 언데드, 우측이 야수형 몬스터들의 배치입니다! 참전하시는 분들께서는 공개된 저들의 약점과 상성을 충분히 고려하시고, 가장 유리한 전장을 선택하여 주시길 바랍니다!]

　전장 곳곳에서 낭랑한 여성의 목소리가 울려 퍼졌다.

　[후방에서의 보급 책임은 〈신성 연합〉의 이름으로, 팔레오들이 담당할 터이니 각종 물약과 스크롤, 아이템의 수리가 필요하신 분은 언제든지 말씀하십시오!]

　전투에 참가하는 유저들이라면 대부분이 알고 있는 수준의 내용이었으나, 또렷한 목소리를 통해 사기가 다시 한 번 고조되기 시작했다.

"진짜 람화연 씨는 뭔가 달라도 다른 것 같아요. 안 그래요?"

"그렇긴 한데, 기정 씨가 지금 다른 여자 칭찬하는 건 별로 듣고 싶지 않네요."

"그, 그냥 느낀 점을 말하는 거죠! 칭찬이라니!"

"뭐어, 하지만 나도 람화연 씨의 저런 아이디어나 말은 좋다고 생각해요. 대단한 여장부야. 레벨만 조금 더 높았어도 미들 어스 안에서 훨씬 영향을 키웠을 텐데."

샘이 나 기정에게 투덜거려 본 보배였으나, 그녀 또한 느끼고 있었다. 단순히 한 사람이, 한자리에서 이야기하는 게 아니다.

전장 구석구석까지 람화연의 목소리가 퍼질 수 있는 이유가 무엇인가.

람화연의 길드, 화홍의 유저들은 물론, 곳곳에 퍼진 팔레오들의 등에는 작은 크기의 확성기가 부착되어 있었고, 해당 확성기를 통해 전장 중앙부에 있는 람화연의 말은 모든 곳으로 퍼질 수 있었던 것이다.

"하핫……. 저도 동감입니다. 설마 주파수라는 개념을 미들 어스에서 찾아내, 마나와 연동시킬 줄이야. 이런 '스피커' 하나 유지하는 데 필요한 마나도 초당 3정도라고 하니, 화홍 길드의 마법사 직업군 몇 명만 람화연 곁에 있다면 아무런 문제도 없겠죠."

혜인은 멋쩍은 미소로 동의했다.

"혜인 형님도 예전에 주파수 그거 막 뭐 해 보려고 하지 않았어요?"

"시도는 했었지만 여간 귀찮은 일이 아닌 데다— 귓속말이 가능한 미들 어스에서 굳이 그럴 필요가 없다고 생각했지. 이런 대규모 전투가 있을 거라곤 생각도 못 했으니까."

이미 현실에서 사용하고 있는 개념을 끌어오는 것은 문제가 되지 않는다.

다만 해당 개념을 미들 어스 안에서 어떻게 구현할지가 문제일 뿐. 부단한 노력과 상당한 시간, 그리고 자본까지 투입되어야 찾아낼 수 있는 솔루션이었으나 바로 그것이야말로 람화연이 가장 잘하는 일 중 하나였다.

별초의 유저들은 람화연의 공적에 대해 감탄하고 또 칭찬하고 있었다.

그리고 바로 그런 태연함과 일상적인 대화에, 주위 유저들은 묘한 박탈감을 느끼고 있었다.

"키메라 쪽부터 처리해야 해! 화염 속성 스킬 좀 써 봐!"

"빌어먹을, 이쪽은 야수들이라고! 오우거의 팔이 네 개지, 내 팔이 네 개냐? 여기 막고 있는데 거기다 어떻게 스킬을 써!"

"도대체— 흐으읍! 이 와중에 저 인간들은 왜 이렇게 침착한 거야!?"

별초의 인원들이 '저런' 대화를 하고 있는 것은 전장의 최전 선이었기 때문이다.

전선에 위치한 그들도 약한 유저들이 아니다.

이미 신대륙 서부의 몬스터들을 충분히 상대해 본 경력이 있는 데다, 나름대로 인스턴스 던전 공략과 필드 보스 레이드를 숱하게 경험해 온 베테랑 중 베테랑들이다.

"심지어 저런 전투 방식은 어떻게 하는 거야!"

대다수의 유저들에게 별초의 전투는 본 적도, 들은 적도 없는 형식의 것이었다.

"비예미 씨, 준비해 주세요. 〈리버스 그래비티〉, 〈스페이스 그랩〉."

헤인은 〈리버스 그래비티〉를 사용, 역중력으로 키메라 두 기를 하늘로 올린 후, 그것을 128조각으로 분해해 버렸다.

키메라가 쪼개지며 뿜어진 독성이 위험하지 않을까, 하는 걱정 어린 표정을 짓는 유저들이 있었으나 별초에는 독의 스페셜리스트도 있다.

"키킷, 맡겨 두라고요. 푸우우웁—!"

비예미가 하늘로 뿜어 댄 가루는 키메라의 조각난 덩어리에서 새어 나온 독성을 향했다.

하늘의 색깔마저 바꿔 버릴 정도로 짙은 독의 기체들은, 그 순간 비예미가 뿜어 댄 가루를 향해 움직이기 시작했다.

"저게 뭐야?"

"독을 움직이는 건가? 지가 쓴 스킬도 아니면서 어떻게—."

"독 연기가 뭔 가루 같은 것에 붙어 버렸어!?"

일반적인 스킬들도 독을 만들어 내거나 조종할 수 있다. 단, 어디까지나 '자신이 생성한 것'에 한하여 적용될 뿐이다.

강력한 바람 스킬을 이용하여 날려 버릴 수도 있지만, 지금 눈앞에서 벌어지는 건 그런 단순한 이용이 아니었다.

"킷킷, 화학의 이용이죠."

비예미는 키메라가 등장한 그날부터 한시도 연구를 게을리 하지 않았다. 그리고 그 연구를 어떻게 사용할 수 있을까 매일 고민해 왔다.

비예미의 곁에 서 있던 커다란 안경을 끼고 있는 소년이 흥미로운 표정으로 말했다.

"너무 편하게 말씀하시네요. 엄연히 말하면 저와 같이 연구한 거잖아요. 으음, 성분 유도는 지금보다 조금 더 활성화가 가능할 것 같기도 하고⋯⋯."

키메라의 독성 기체를 흡착시킨 가루들의 움직임을 보며 무언가를 빠르게 필기해 가는 소년. 그를 보며 비예미가 혀를 차며 웃었다.

"킷, 웃기는 소리. 연구 끝낸 내 자료를 가지고 알바 씨가 결과만 만들어 낸 거죠."

"그게 중요한 거 아닐까요?"

티격태격 대는 두 사람을 보며 유저들은 잠시 할 말을 잃었다.

키메라의 독성에 관한 연구를 마친 비예미는 사우어 랜드에 다녀온 유저들을 통해 〈마공학자〉 알바의 존재를 알아내었고 곧 그에게 연락했다.

그 결과, 키메라들의 독성분을 흡착하는 가루를 만들고 해당 가루를 통제하여 역으로 적에게 사용할 수 있는 스킬과 아이템의 조합법을 만들어 낸 것이다.

별초의 활약은 그뿐만이 아니었다.

모두가 사우어 랜드와 〈라퓨타〉에 가고 싶어 할 때. 해당 원정대에 참여하지 못했던 별초의 인원들은 놀고 있었던 게 아니었다.

"저건 또 뭐야?"

"플레이어블 종족은 인간, 자이언트, 우드 엘프, 미야우, 리자디아 아니었나? 왜 날개 달린 인간이 있지?"

"날개 달린 인간이 아니라……. 드루이드 징겅겅 씨랑 하이랜더 태일 님이야."

"〈폴리모프〉를 저렇게 할 수 있다고?"

태일의 머리 위로는 작은 뱀의 머리가 하나 튀어나와 있었다. 그것이 바로 징겅겅의 얼굴이었다.

그러나 몸은?

태일의 등에서 좌우로 거대하게 뻗은 날개는 분명 금 독수리의 그것이었다.

"〈화火, 사혈관통〉!"

금빛 날개를 단 태일은 하늘을 날며 검을 휘둘렀다.

불붙은 그의 검은 한 치의 오차도 없이 인간형 몬스터들의 즉사 포인트를 공략하고 있었다.

강습 공격을 실행하던 징겅겅과 태일의 곁으로 곧 황동색의 드래곤이 따라붙었다.

[〈파츠Parts 폴리모프〉라니. 그런 기술을 어디서 배웠지.]

[대자연이 알려 주었습니다. 해당 생명체에 대한 친밀도는 물론— 이, 이해도가 100%까지 도달하면 가능한 것으로—.]

[그렇군. 드루이드였나.]

[그렇습니다.]

[이 전투가 끝나면 나를 한번 찾아와 이야기를 들려주겠나. 나는 어덜트 브라스 드래곤, 호른이라고 하네.]

호른은 명함을 주듯 징겅겅과 태일에게 무언가를 하나 건네곤 곧 공중으로 솟구쳤다.

브라스 드래곤이 내뿜는 브레스는 눈으로 보기에 큰 특징이 없었다.

불이 뿜어지거나 얼음이 뿜어지는 게 아니었으니까.

다만 그의 브레스는 지나가는 모든 공간을 일렁이게 만들고 있었다.

압도적인 열기는 공간을 비틀어 버릴 정도의 아지랑이를 만들어 냈고, 그의 열풍에 뒤덮인 키메라들은 순식간에 녹아

내릴 지경이었다.

"저토록 강한 열풍熱風 브레스를 뿜는 드래곤에게 인정받다니. 기쁘겠구만, 징 군."

[기쁘긴 하지만— 태일 님 덕분에 눈에 띈 것뿐인걸요.]

"언제나 겸손한 점이 마음에 드네. 가지."

굳이 화염이 아니어도 키메라를 대규모로 무력화 시킬 수 있는 드래곤의 공격이 가해지자, 다른 유저들은 앞다투어 키메라들을 밀어내기 시작했다.

생전 들도 보도 못한 전투 방식은 별초에서만 이루어지는 게 아니었다.

〈마공학자〉 알바가 비예미와 손을 잡고 연계했듯, 사우어랜드를 다녀온 유저들 대부분은 서로가 서로의 존재를 인지하지 않았던가.

"우라우라우라우라—! 뼈다귀밖에 없는 자식들이 우리 도끼질을 견딜 리가 없지!"

"어차피 당신의 도끼는 날이라고 부를 것도 없지만……. 기왕이면 둔기가 더 효과적일 것 같은데."

"이 자식이, 어디서 또 아는 척이야!?"

거대한 배틀 엑스와 마울을 각각 휘두르는 존재들.

자이언트 반탈과 우드 엘프 비욤은 자신의 파괴력을 경쟁하듯 과시하고 있었다.

피로트-코크리의 언데드 군세들은 말 그대로 뼛가루가 되어 휘날리고 있었다.

〈신성 연합〉의 보상으로 강해진 이유도 한몫했지만, 그보다 더욱 효과적인 도움이 이미 그들에게 더해져 있기 때문이었다.

반탈과 비욤의 등과 허리, 어깨 등에 덕지덕지 붙어 있는 것.

"부적 사거리에서 너무 떨어지지 말아요! 우리는 저격수가 아니라고!"

"크하하핫! 얼른 쫓아와, 도사 형제들!"

그것은 바로 부적이었다.

반탈과 비욤 그리고 배추 도사와 무 도사, 육체의 파괴력만을 극한으로 갈고 닦은 유저들과 육체의 파괴력을 가장 잘 살릴 수 있는 버퍼Buffer들의 만남!

비단 그들뿐만이 아니었다.

서로가 함께할 때 가장 큰 시너지 효과를 낼 수 있다는 걸 눈치챈 유저들은 이미 그들만의 '라인'을 구축한 상태였다.

————, ————!

"흐음, 명중률이 훌륭한데요?"

"궁귀에 비하면 아직 멀었소."

"그렇게 말해 주면 고맙죠. 저 남자도 그걸 좀 알아야 하는데."

보배와 암부스트 또한 그런 '라인' 중 하나였다.

라파엘라의 축복까지 받은 그들의 공격은 맨티코어의 피부를 종잇장처럼 찢어발길 정도로 강력해졌고, 더 이상 키메라를 만들어 내는 맨티코어들은 전장의 선두 하늘을 날아다닐 수 없을 지경이었다.

전장의 후방을 향하는 맨티코어들을 보며 바하무트는 말했다.

[어떻게 생각하는가, 베일리푸스, 아르젠마트.]

[정의를 수호하고자 하는 인간들의 열망은 결코 약하지 않습니다. 그들은 더욱 강해질 겁니다.]

"역경을 딛고 일어서는 것은 인간만이 지닌 장점이지."

베일리푸스와 알렉산더가 각기 답했다. 바하무트는 둘을 물끄러미 바라보다 고개를 돌리자 아르젠마트가 곧장 입을 열었다.

[전투 시작 한 시간입니다.]

"음?"

알렉산더는 아르젠마트의 말을 쉽사리 이해하지 못했으나, 바하무트는 가벼운 미소와 함께 그의 말에 귀를 기울였다.

[이른 시점에 전황이 기울기 시작했다는 의미인가.]

[예. 강하군요.]

그제야 알렉산더도 아르젠마트의 말을 이해했다.

대규모 전투에서 개전 한 시간째라면 극초반의 전황이라고 봐도 과언이 아니다.

현재 자신이 크게 활약하지 않는 이유도 그것이지 않은가.

메탈 드래곤 몇몇이 나서고 있긴 하지만, 베일리푸스와 알렉산더 자신 그리고 바하무트는 첫 10분의 전투에만 힘을 보여 준 후로 적극적인 개입은 하지 않고 있었다.

'내가 끼어들지 않아도 마왕군의 돌격 기세가 멈춰 버렸다.'

기세 좋게 몰려오던 적들의 발을 멈추게 만들기까지가 그들의 할 일이었고, 그 이후로는 순수하게 〈신성 연합〉의 힘만으로 몬스터들을 밀어내고 있을 정도의 힘을 보이고 있다.

[큰 문제는 없어 보입니다.]

아르젠마트의 시선이 멈춘 곳에선 수없이 많은 야수형 몬스터들이 얼어붙고 있었다.

람화정의 활약을 지켜보며 그는 뿌듯한 미소를 지어 보였다.

다만 공중에서 전황을 살피는 모두의 표정이 밝지만은 않았다.

[그래서 걱정되는군요. 저들이 그럴 리가 없습니다. 제가 하이하 님과 돌아다니며 겪어 본 바로는…… 이런 식으로 전투를 걸어올 녀석들이 아닙니다. 더욱이 지금 저쪽에는 마왕의 조각도 없지 않습니까.]

특히 블라우그룬은 이런 상황을 받아들이지 못하고 있었다.

바하무트는 블라우그룬의 말을 들으며 작은 한숨을 내쉬

었다.

그제야 알렉산더는 바하무트가 어째서 전장에 관한 이야기를 꺼냈는지 이해할 수 있게 되었다.

표정이 좋지 않은 것은 블라우그룬만이 아니었다. 바하무트의 미소도 포장된 것일 뿐이라는 걸 알렉산더는 알 수 있었다.

"걱정하시는 겁니까."

[그렇다네. 나는 레를 알아. 푸른 수염은…… 결코 이런 식으로 자신의 자원을 낭비하지 않지. 2차 인마대전이라 불리는 그 전투에서 그가 어떻게 행동했는지 나는 기억하네. 잊으려야 잊을 수 없는 종족의 비극이라고 말할 수 있을 정도였지.]

"지금 저들을 이끄는 건 푸른 수염이 아닙니다. 파우스트라는 네크로맨서가 주축이 되었을 겁니다. 인간인 이상, 반드시 실수하기 마련 아닙니까."

마왕군에 상당한 수의 유저들이 넘어갔다는 걸 알고 있다. 그러나 알렉산더는 결국 파우스트가 주도권을 잡고 있을 거라 예상했다.

'파우스트는 매우 똑똑한 놈이다. 하나…….'

유저인 이상 실수하지 않으리라 장담할 수 없다.

하물며 알렉산더가 파우스트에 대해 생각하는 것은 오히려 예전보다 격이 낮아진 상태였다.

'치요조차 나를 흔들지 못했으니.'

그는 스스로 '머리싸움'에서 치요를 이겼다고 생각했고, 애초 치요보다 한 등급이 낮게 평가되는 지혜를 지닌 파우스트인 이상, 자신이 여유롭게 상대할 수 있을 거라 여겼기 때문이다.

알렉산더가 전에 없이 자신감을 보이며 말했음에도 바하무트는 긍정적이지 않았다.

[과연 그럴까. 마의 파편, 마왕을 불러일으키려 간 푸른 수염이 그토록 뒤처리를 허술하게 했을까. 2차 인마대전 때에도 그런 실수를 하지 않았던 자가……. 그러리라 믿는가, 알렉산더.]

"음. 지켜보면 아실 겁니다."

치요와 손을 잡은 정황은 드러나지 않았다.

그들이 카일을 발견해서 포섭했다는 이야기도 들리지 않았다.

즉, 저들이 가진 카드는 '마왕군'이라는 소속 몬스터들을 다루는 게 전부다.

랭킹 1위의 통찰력은 확실히 얕볼 게 아니었다.

"블라우그룬, 너 이 자식! 나도 싸우는데 네가 지금 뒤에서 그러고 있을 짬이야!?"

야수형 몬스터 7마리를 동시에 반으로 갈라놓으며 젤레자가 소리를 칠 때까지만 해도, 알렉산더의 생각대로 전황은 흘러가고 있었다.

그리고 바하무트의 예상대로 파우스트는 아무런 생각도 없이 전투를 시작한 게 아니었다.

.

"음? 이건······."

"루비니 씨? 저게 뭐죠? 갑자기 색깔이—."

람화연은 루비니의 홀로그램 지도를 보며 물었다.

루비니의 홀로그램 지도 위가 새빨갛게 물들고 있었다. 지도가 변형되는 게 아니었다.

"이건 색이 변한 게 아니에요."

"네?"

루비니는 겨우 침을 삼켰다. 이건 확대된 지도가 아니다. 전체 전황을 볼 수 있을 정도로 어마어마하게 작은 축척의 지도이다.

그런데 지도의 면 자체가 물들어 간다는 게 어떤 의미인가.

"몬스터 하나하나의 점이 모여서······. 내려오고 있어요."

그 수는 물론, 강력함마저도 지금까지의 몬스터와는 비교도 할 수 없는 녀석들이 존재하고 있다는 의미였다.

람화연은 곧장 스피커를 켰다.

별로 전하고 싶지 않은 말일수록 빠르게 전해야 함을 그녀는 알고 있었다.

[새로운 적 대거 출현, 그 수를— 가늠할 수 없습니다. 개

별 개체로 분리해서 볼 수 없을 정도로 강한 몬스터들이 몰려오고 있습니다. 현재 속도 기준으로, 전선에 그들이 투입되기까지 남은 시간은 약 13분. 최전선에서 사투 중인 유저 여러분들은 각별히 주의해 주시길 바랍니다.]

그녀의 목소리는 떨렸다.

그녀의 외침에 맞춰 전장 전체가 떨렸다. 특별한 설명이 없어도 대부분의 유저들은 눈치챘다.

루비니와 람화연이 머리를 모아서도 '분석'할 수 없는 적이라는 것은 보통 문제가 아니라는 것을.

도대체 얼마나 강하며, 얼마나 수가 많을까?

그런 몬스터들이 다가온다면, 현재 최전선에 있는 유저들 중 몇이나 살아남을 수 있을 것인가.

"그래도 드래곤이 있잖아! 드래곤들이 있으면 괜찮아!"

"저쪽은 끽해야 몬스터들이니까! 가즈아, 싸우즈아!"

"시발, 한 시간 동안 죽인 게 몇 마린데! 이제 와서 뭐 어쩔거야, 지들이?"

흥분으로 자신을 도취시켜야만 한다.

죽음의 공포를 이겨 내기 위해서라도 유저들은 더욱 거센 함성과 기합으로 눈앞의 몬스터들을 상대하기 시작했다.

람화연의 목소리와 유저들의 고성은 전투가 벌어지고 있는 신대륙 중부에서 조금 떨어진 언덕까지도 바람에 실려 퍼졌다.

"파우스트가 새로운 놈들을 불러온 모양입니다."

나뭇등걸을 깔고 앉은 자가 모자를 슬쩍 들어 올리며 말했다.

"나도 귀 있어. 하지만……. 숫자로 밀어붙인다면 어차피 '그건' 아니겠지."

그의 곁에 쭈그리고 앉은 유저는 무언가를 질겅거리며 답했다.

"그렇다고 안 갈 겁니까, 루거."

"빌어먹을, 키드 네 생각도 끼어들어야 한다는 쪽이겠지?"

키드의 말을 들으며 루거는 답했다. 그들은 전투가 벌어지기 한참 전부터 이 언덕에 자리하고 있었다.

특별히 엄폐를 한 것도 아니었고, 위장을 한 것도 아니었다.

말 그대로 전투를 관람이라도 하듯 그들은 이곳에 있었다. 그들만의 특별한 목표와 계획을 이루기 위해서였다.

그러나 앞으로 벌어질 상황은 지금까지와 다른 양상을 보일 것이다.

"모습을 드러내는 것은 반대였지만……. 지금은 어쩔 수 없습니다."

그들의 계획을 달성하기 위해서라도 전선이 무너져선 안 된다.

그리고 전선이 이미 무너지기 시작했다면 막으러 간다 한들 늦은 때가 된다.

자신들의 위치를 노출시키는 것과 전선이 무너지는 것. 어떤 쪽이 더 리스크가 클지 진작 계산을 마쳐 놓은 키드였다.

"쳇. 목표물이 나오면 그쪽부터 가려고 했는데……. 우리가 먼저 모습을 드러내게 생겼군."

"결국 그것이 우리의 운명 아니겠습니까. 미들 어스에서 이 직업을 택한 그 순간부터 말입니다."

키드도 자리에서 일어났다.

그는 코트를 툭, 툭 털고는 루거의 답변을 기다리지 않은 채, 가방을 열어 〈크림슨 게코즈〉를 장전했다.

루거는 철컥거리는 쇳소리를 한 번 정도밖에 듣지 못했다. 그사이, 이미 네 정의 총기에는 모두 장전이 끝난 상태였다.

루거의 입꼬리가 사납게 올라갔다.

"……운명은 개뿔이나! 하이하 자식은 크라벤에 있잖아! 젠장, 〈크라벤 왕국─크라벤 남쪽 해역─프라 크라벤의 바다〉라니? 이 새끼는 도대체 뭘 하고 있는 거야? 전쟁 난 거 모르나?"

루거는 〈코발트블루 파이톤〉을 지팡이 삼아 자리에서 일어나며 투덜거렸다.

그래도 화가 풀리질 않아 잡초들을 마구잡이로 걷어차고 있었다.

키드는 그 모습을 보며 피식 웃었다.

"블라우그룬이 저곳에 있는데 하이하가 모를 것 같습니까."

"그니까! 모를 리가 없는 놈이 왜 안 오냐는 거지! 드래곤만 덜렁 보내면 지 할 일 다 하는 거라고 생각하는 건가?"

루거가 이렇게 신경질적으로 말하는 이유를 잘 알고 있었다.

새롭게 등장하기 시작한 마왕군의 몬스터는 분명 유저들의 실력을 상회할 것이다.

대체 '얼마나' 상회할 것인가.

자신들이 상대할 수 있을 것인가.

얼마 전까지 [신화급] 무기를 손에 쥐어 눈에 뵈는 게 없던 시절이 있었다. 하지만 지금은 달랐다.

"그가 없으면 자신 없는 겁니까."

그들은 '패배'를 경험했으니까.

마탄의 사수, 카일에게 압도적인 차이로 패배를 경험한 그들이, 정신적으로 아무런 데미지도 없을 리 없었다.

키드의 말을 들은 루거는 잠시 입을 닫았다.

두 사람은 서로의 감정이나 기분, 상태 등을 특별히 공유하지 않는다.

그때 진 게 무서웠냐, 두려웠냐, 지금은 불안하냐, 어떤 기분이냐.

묻지도 않고, 묻는다 해도 답하지도 않을 것이다.

그들은 그럴 필요가 없는 사이니까. 루거는 키드를 바라보았다.

"흥, 자신 없냐고? 나한테 물어보는 건 아니겠지."

포마드를 발라 딱딱하게 굳은 머리칼을 억지로 쓸어 넘기며, 그는 거친 숨을 내뱉고 있었다.

키드는 루거가 '말한 것'이 아니라 '으르렁거린 것'이라고 느꼈다.

천생 짐승에 가까운 본능. 누군가가 패배에 주저앉을지언정 루거는 그렇지 않을 것이다.

"물론 아닙니다. 전쟁광에게 그런 질문은 어울리지 않다는 걸 알고 있습니다."

그리고 그것은 자신도 마찬가지다.

"망할……. 그 별명은 또 어떤 새끼가 붙인 건지. 키드, 네가 한 거 아냐?"

"내가 붙였다면 그 정도로 끝났을 것 같습니까. 헛소리 말고 준비나 하는 게 좋을 겁니다."

키드는 루거에게서 몇 걸음 떨어졌다. 루거는 투덜거리면서 코발트블루 파이톤을 들어 올렸다.

"빌어먹을— 퉤, 좋아. 우선 새롭게 나온 저 자식들의 상태나 체크해 보자고. 〈아흐트—아흐트〉!"

처음부터 자신이 지닌 최고의 스킬을 사용할 필요는 없다.

우선 어느 정도 수준의 공격이 효율적으로 통할 것인가. 초탄으로 알아야 할 것은 당연히 적에 대한 정보였으므로, 그는 다른 스킬에 집착하지 않았다.

"그걸로 되겠습니까."

"헹, '지금 상태'에 들어선 이후로 한 번도 안 써 본 스킬이야. 무슨 얘긴지 아나?"

[신화급]에 들어선 이후로 제대로 스킬을 쓴 적이 없는 루거.

키드를 향해 자신만만한 미소를 짓고 있지만 그의 팔은 터질듯 부풀어 올라 부들부들 떨리고 있었다.

한 명의 인간이 다룰 수 없는 수준의 포를 지탱해야 한다는 것은 여전히 보통의 일이 아니었다.

키드는 잠시 생각했다.

자신에게는 저 스킬이 생성된다 해도 사용하지 않았으리라.

"〈자계사출포磁界射出砲〉……. 가라, 키드— 뭐야, 이 자식 어디 갔어?"

루거가 레일 건의 캐스팅을 막 시작했을 무렵, 이미 그의 곁에 키드의 모습은 보이지 않았다.

그렇다고 두리번거릴 필요는 없었다. 저 멀리 떨어진 전장의 소음 속에서 벌써 크림슨 게코즈의 총성이 울리고 있었으니까.

"망할 놈. 출발한다고 말이나 해 줄 것이지."

황당할 정도로 빠른 몸놀림, 루거는 잠시 생각했다.

폭풍 속으로 몸을 던지면서도 겁을 먹지 않는 자가 몇이나 될까.

자신이었다면 어땠을까.

"……퉤, 멍청한 짓이지. 들어가지 않을 수 있으면 들어가지 않는 게 최선이다. 그나저나 하이하, 이 망할 놈, 이번에도 나중에 와서 알맹이만 쏙 빼먹으면 반드시 죽이겠어!"

그리고 이곳에 없는 자는 어디서 무엇을 하려는 걸까.

그에 대한 원망과 분노보다도 기대와 희망이 먼저 떠오르는 자신은 도대체 언제부터 변하기 시작한 걸까.

자신도 제대로 추스를 수 없는 감정의 소용돌이를, 루거는 그답게 풀어내며 방아쇠를 당겼다.

————————————!

탄환의 파공음 덕분에 루거는 그것이 지면에 충돌한 소리조차 듣지 못할 지경이었다.

탄환이 날아간 자리 인근의 잡초마저 모조리 뜯어 발겨진 데다, 루거 자신의 눈에는 몇몇 유저에 대한 〈PK〉 판정까지 뜰 지경이었다.

"하…… 하하핫! 일—부러 충격파를 강화하는 탄환은 안 쓴 건데……."

새롭게 등장한 몬스터들은 아직 전선 7분여 거리에 있다.

해당 장소까지 포환이 날아감에 있어서는, 제아무리 유저들이 옹기종기 모여 있다지만 스칠 염려조차 없었다.

그럼에도 충격파를 강화하는 포환이 혹여 주변에 피해를 줄까 염려되어, 일반 포탄을 쓴 것이었건만, PK 판정이라니!?

루거는 갑작스레 자신에게 날아오는 귓속말들에 당황했다. 그러나 동시에 만족스러웠다.

탄환과 피해 유저들 간 거리, 평소라면 닿지 않았을 해당 거리까지에 대한 충격파. 그것이 이런 수준의 파괴력을 지녔다면.

'진짜' 공격과 '진짜' 충격파의 범위 내에서는 어떤 일이 일어났을까.

"파, 파우스트 님! '넥스트 제너레이션Next Generation' 쪽에 엄청난 공격이……."

"……루거인가. 미친 전쟁광 새끼."

새하얀 비늘의 리자디아는 미간을 찌푸렸다. 마왕군의 새로운 세력과 〈신성 연합〉의 첫 번째 충돌이었다.

"피해부터 확인해! 방금 같은 공격을 연사로는 하지 않겠지만, 상대는 루거다! 광범위 폭발 공격이라면 언제든 할 수 있을 거야!"

"그리고 위치도 찾아라. 유령마와 데스나이트들을 급파할 수 있도록!"

"옛!"

파우스트가 굳이 나서지 않아도 되었다.

그들의 곁에 있는 부관직의 유저들이 재빨리 곳곳으로 명령을 하달하며 채비를 다시금 갖추게 만들었기 때문이다.

"과연……. 길드 마스터는 아무나 하는 게 아니군."

"별거 아닙니다, 파우스트 님. 파우스트 님이 준비하신 전략에 비하면 저희의 지휘는 애교 같은 거죠. 안 그런가, 메데인."

"맞는 말이야, 칼리. 파우스트 님은 그저 저희의 재롱을 보고 즐겨 주시면 됩니다."

메데인과 칼리는 서로 눈을 마주치고는 누가 먼저랄 것 없이 파우스트를 향해 고개를 숙여 보였다.

누군가의 위에 군림한다는 맛.

랭커일 때 느낀 것과는 또 다른 권력의 달콤함은 파우스트를 미치게 만들기 충분했다.

"큭큭……. 좋아. 사소한 지휘들은 그대들에게 맡기지. '길드 시날로아'와 '로스 세타스'를 이끌었던 것에 비하면 별거 아니지 않겠나."

하물며 자신에게 고개를 숙이는 게 과거 로페 대륙에서 최악의 악명을 날렸던 길드들의 수장이라면 더욱이 그럴 수밖에 없다.

단순히 무차별 PK로 유명한 길드는 많았다.

그러나 그것은 미들 어스에서 할 수 있는 악행 중 가장 초보적인 단계나 다름없다.

현상금이 본격적으로 걸리기 시작한다면, 아무런 기반 없이 실력만 믿고 돌아다니는 데에는 분명한 한계가 있을 수밖에 없기 때문이다.

기사단은 물론이고 레벨이 높은 유저들의 추격을 받게 되니 애초에 유저들의 악행은 일시적인 유명세밖에 탈 수가 없게 되는 구조다.

그것이 미들 어스의 대표적인 자정 구조 중 하나였다.

바로 그런 시스템 속에서 오래도록 악명을 높인 길드들은 차별화된 전략을 지니고 있었다.

과거 이하가 완전히 해체시켰던 〈라이징—선〉의 본격적이고 구체적인 전략은 사냥터 통제였다.

그러나 그것 또한 자신들의 무력에만 근거한 초보적인 전략이다.

퓌비엘의 길드 시날로아와 미니스의 로스 세타스는 거기서 한발 더 나아간 자들이었다.

유저들을 공략하는 게 아니라, NPC를 공략하는 것.

대체로 암 속성 유저들로 이루어진 길드원들이 택했던 방법은 바로 군소 도시 또는 군소 성의 실질적인 점령이었다.

기사단이 아니라 작은 치안대가 마을을 유지하는 곳이라면, 무력은 물론 국가에 대한 충성과 책임감, 도덕심이 모두 떨어질 수밖에 없다.

그런 곳에서 협박이나 회유를 통해 치안대 NPC와 친해질 수 있다면?

작은 도박장의 개설로 NPC들을 끌어모으는 것부터, 그들에게 빚을 지게 만들고, 그들로 하여금 자신들의 '약'을 주변에 전파하는 것까지.

미들 어스 내의 분류로는 목숨이 위태로울 정도의 독이 아니라, 버프와 유사한 효과를 지닌 쾌락성 약물, 현실로 따지자면 '마약'을 퍼뜨려 한 도시 전부를 손아귀에 넣어 버리는 게 바로 그들의 방식이었다.

서로 다른 국가에서, 교류조차 없이 유사한 방식으로 세력을 불려 나가던 그들은 국경 경계의 작은 마을에서 마침내 부딪치게 되었다.

아웃사이더들의 관심을 상당히 끌었던 사건이었으나 정작 두 세력은 아무런 충돌도 없이 물러서는 것으로 끝나게 되었는데, 바로 그 시점이 이하가 〈라이징―선〉을 해체시킨 때였다.

새로운 먹거리를 앞에 두고 굳이 사자와 호랑이가 싸울 필요가 없다는 사실을 둘은 알고 있었기 때문이었다.

파우스트가 숱한 후보자들을 제외하고 두 사람을 기브리드와 피로트-코크리의 군세에 대한 일부 위임을 실행한 것은 물론 그들의 경력과 레벨을 높게 보았기 때문이기도 하지만, 그들의 수법 때문이기도 했다.

"피해 상황 확인 완료! 중앙부에서 일어난 폭발로, '피로트-리드' 쪽 병사의 약 3%가 소실되었습니다."

그들은 미들 어스 그 어디에도 없던 마약을 만들어 푼 자들이다.

아이템과 아이템의 합성은 물론, 아이템과 스킬의 합성, 심지어 죽어 버린 NPC의 사체를 통해서도 무언가를 추출, 연구하고자 했던 자들이다.

그들의 능력은 파우스트가 가장 원하는 것을 해결해 주었다.

마왕의 조각들에게 모든 권력을 위임받았던 파우스트가 가장 먼저 하고자 했던 일.

"피로트-리드라면—."

"저희 로스 세타스 쪽입니다. 3%의 소실이라니…… 과연 루거, 라는 생각이 들지만 병력들은 금세 회복할 겁니다."

"음……. 역시 언데드와 키메라를 섞어 놓으니 좋군. 물리 속성과 화 속성 모두에 대응할 수 있게 되다니."

그것은 마왕의 조각들이 이끌던 병력들의 합성이었다.

야수와 키메라, 키메라와 언데드, 야수와 언데드. 현재 전선에서 싸우고 있는 '1세대 마왕군'에 비하면 월등한 특성과 강함을 지닌 몬스터들.

루비니의 홀로그램 지도에 1세대 몬스터의 수가 전에 비해 터무니없이 적다고 느꼈던 이유였다.

1세대 몬스터들의 상당수는 파우스트 집권 직후 합성과 분열을 거듭하며 그 원형을 잃었으니까.

"뭐야 이것들은!? 키메라가 불에 타지 않으면 어떻게 잡아야 하지?"

"〈턴 언데드〉가 아예 안 먹혀요! 아니, 분명 언데드인데—."

"크아악! 이쪽은 야수형이 아니라 키메라였어! 피부를 베자마자 독가스가 뿜어져 나온다!"

새롭게 합류한 그들을 상대하는 유저들에게서 극심한 혼란이 일었다.

"괜히 '다음 세대Next Generation'라 불리는 게 아닙니다. 이런 발상을 하시다니, 대단하십니다, 파우스트 님."

파우스트가 새롭게 만들어 낸 군세는 바로 '2세대 합성 마왕군'이었다.

"크크……. 나와라, 드래곤들아. 전력을 다해라, 〈신성 연합〉 놈들아. 그때야말로 진정한 절망을 맛보게 해 주마."

바하무트의 적극적인 개입을 오히려 기다리며, 파우스트는 조소를 머금었다.

—파우스트가 머리 좀 쓴 것 같아, 형. 우선 메탈 드래곤들이 전부 들어와서 다시 겨우겨우 균형이 맞춰지긴 했어. 어휴, 아까 막 밀릴 때는 진짜 장난 아니었거든.

—전부? 바하무트까지 완전 참전했어?

—응. 티아마트전 못지않게 화려하다니까! 스킬에, 마법

에, 루거가 쏴 제끼는 포탄하며— 히힛, 그래도 적들이 엄청나게 강하니까 뭔가 할 맛이 나! 게임이 이런 맛이 좀 있었어야 되는데!

　이하는 기정의 귓속말을 들으며 피식 웃었다.
　적들이 강하기 때문에 싸울 맛이 난다는 말은 자칫 거만해 보일 수 있는 발언이었음에도 기정의 입에서 나온 말은 오직 신뢰로만 이루어져 있었다.
　'젤레자의 꼬리치기를 맞고도 날아가지 않았다니, 실력도 정말 엄청나게 늘었다니까.'
　'그 사건'은 블라우그룬이 흥분해서 이하에게 연락을 할 정도로 대단한 일이지 않은가.
　〈천국으로 가는 계단〉 너머에 다녀온 기정은, 저렇게 건방진 발언을 해도 듬직하게 느껴질 정도로 강해진 상태였다.

　—그나저나 이렇게 엄청난 전투가 벌어지는 이 중요한 시점에— 형은 도대체 뭐 하는 건데?!
　—그러니까 말이다.

　바로 그런 자리에 자신이 바로 끼어들지 못하고 있다는 건 얼마나 안타까운 일인가. 이하가 한숨을 내쉬자 다시금 기포가 올라왔다.

[묘오오옹?]

"아, 아무것도 아냐. 계속 가자."

[뭉뭉!]

젤라퐁을 안심시킨 후 이하는 뒤를 돌아보았다.

해수면이 아무리 거칠어도 이미 수심 40m 가까이 들어온 이하와 크라벤의 '잠항 선박'에는 아무런 영향을 미치지 못했다.

〈전방 이상 없음. 잠항 계속.〉

이하는 뒤를 돌아 수신호를 보냈다. 크라벤의 잠수함 세 척은 라이트 마법을 깜빡거리며 이하에게 답했다.

'이게 도대체 무슨 짓인지, 원.'

심지어 잠수함 중 중앙에 있는 가장 거대한 것의 창 안으로는 크라벤 국왕의 모습이 직접 보이고 있었으니……. 크라벤 왕가 NPC들의 모험심은 이해하기 힘든 것이었다.

'게다가 좌측에 타고 있는 건 둘째 왕자라며? 나, 원. 우선 정찰만 해 보러 가는 거라니까 굳이 쫓아올 필요까지 있나.'

크라벤에서 건조된 잠항 선박의 정확한 수는 이하도 알 수 없었다.

잠항 선박에 대해 보여 주고 그것이 운용되고 있다는 걸 증명해 내긴 했지만, 정확한 선박 수와 선박의 능력에 대한 정보는 역시나 크라벤의 특급 기밀이었기 때문이다.

'무엇보다 전투용 잠수함에 저런 관광객용 창문 같은 것을……. 누구 아이디어일까?'

잠수함 세 척의 함장은 모두 NPC라는 걸 확인했지만 이하는 분명히 그중 유저도 포함되어 있는 것을 보았다.

그 정도 위치에 있는 자라면 프라 크라벤 내에서 결코 입지가 작은 자가 아닐 터, 그러나 이하는 그의 이름조차 들어 볼 수 없었다.

'미니스의 체카처럼 조용한 플레이를 원하는 사람일지도 모르지. 뭐, 어쨌든 중요한 건 그게 아니니까.'

당장 이하에게 중요한 것은 프라 크라벤의 퀘스트를 완료하고 신대륙 중부의 전투에 참전해야 한다는 것이다.

그러나 프라 크라벤의 퀘스트는 이하의 생각처럼 수월하지 않았다.

가장 큰 제약 중 하나가 서펜트의 활용 불가였다.

'드레이크가 준 아이템으로 불러낼 수는 있지만─.'

스발트와 흐밧은 이하의 전투 명령은 듣지 않았으며, 무엇보다 펠리페 2세가 그것을 원치 않았다.

드레이크에게 더 이상 부담을 줄 수 없다는 언급에 이하는 깔끔하게 서펜트들을 포기해야 했다.

그렇다면 남은 카드는?

'토온급 공룡이 우글거릴지 모르는 해역에서……'

젤라퐁만을 믿고 싸워야 한다는 말인가. 이하는 새삼 자신이 수중전에 약하다고 느꼈다.

이번 퀘스트를 무사히 마친다고 해도 미들 어스가 끝나는 건 아니다.

만약 치요가 이 사실을 알게 된다면? 바닷속에서 무언가 다른 꿍꿍이를 생각해 낸다면?

'설마. 무엇보다 내가 약한 것뿐이지! 치요가 난리 치면 그땐 용궁의 인어들이고 뭐고 싹 다 나설 테니까! 괜찮겠──⋯⋯. 음?'

젤라퐁의 몸에서 갑작스레 돋아난 촉수들이 신호였다.

이하의 시야 저편에서도 무언가의 외곽선이 잡히기 시작했다. 이하는 즉시 뒤를 돌아 잠항 선박에게 수신호를 보냈다.

⟨괴생명체 출현. 잠시 대기.⟩

그러곤 곧장 젤라퐁과 함께 속도를 냈다.

"젤라퐁! 저게 뭔지 알겠어?"

[퐁, 묘오옹.]

"으음⋯⋯. 나름대로 너도 물의 정령의 정수인데 말이지. 바다에서 일어나는 일은 다 알아야 하는 거 아닌가, 하는 생각이 가끔 들거든."

[묘, 묘퐁! 퐁!]

젤라퐁에게 장난을 칠 정도로 이하에겐 여유가 있었다. 대략적으로 적의 정체를 파악할 수 있는 상황이었기 때문이다.

그러나 헤엄을 칠수록, 이하는 위화감을 느꼈다.

참치로 변해 버린 자신의 하반신은 엄청난 속도로 움직이고 있다. 그런데 저것들은 왜⋯⋯.

'아직도 가까워지지 않는 거야?'

당연히 저들은 점점 커지고 있었다.

문제는 '이 정도로' 커졌다면 이제 붙었어야 하는 게 아닌가, 라는 생각이 이하에게 들었다는 점이다.

"바닷속이라 딱히 비교해 볼 대상이 없지만— 이미 40m급을 넘어선 것 같은데? 토온 정도의 크기여야 하는 거 아닌가? 바닷속 공룡이라고 해도……. 아?"

우우우우우우…….

고래의 울음소리를 훨씬 증폭시켜 놓는다면 이런 식으로 들릴까. 그 순간, 이하는 생각이 났다.

"그 공룡 영화에서도 분명히 그랬구나……. 육지를 돌아다녔던 공룡보다—."

거대한 호수 안에 갇혀 있던 공룡이 더욱 컸다.

미들 어스가 육지 공룡을 토온화 했다면, 수생 공룡은 '얼마나' 더 키워 놨을까.


우우우우우—————……!


울음소리는 한두 개가 아니었다. 이하는 시야 곳곳에서 다가오는 〈수장룡〉들을 보았다.

'최소 몸길이 약…….'

100m급의 초대형 몬스터 7마리.

그것을 상대해야 하는 건 이하 자신과 젤라퐁, 둘뿐이었다.

Geschoss 2.

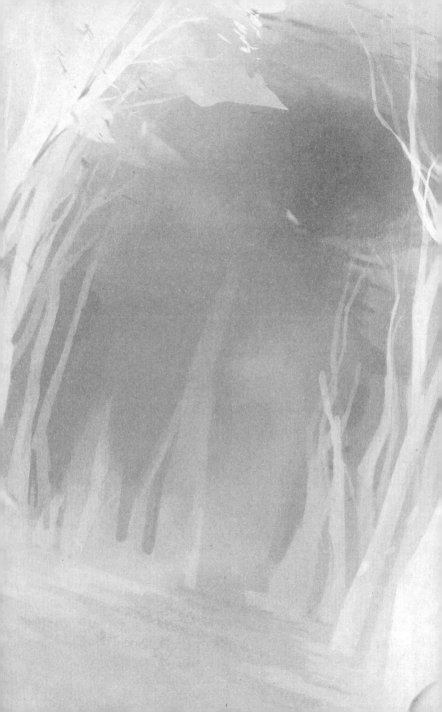

"젤라퐁! 전방에 있는 것부터! 잠항 선박으로 붙지 못하게 만들어!"

[뽕뽕!]

이하는 젤라퐁에게 지시하며 힘차게 허리를 흔들었다.

〈인어화〉를 사용한 상태이긴 했으나, 예전보다 이하의 몸은 훨씬 더 부드럽고 빠르게 움직여졌다.

### 〈업적: 바다에서 온 귀중한 손님(S+)〉

축하합니다! 당신은 크라벤 왕실로부터 〈인어〉와의 친분이 있음을 인정받았습니다. 바다와 떼려야 뗄 수 없는 그들은, 특히 인어와의 친분을 매우 중요시하지요. 그러나 인어는 로페 대륙의 삶에 관여하지 않는 법! 그들의 관심이 인어라는 종족보다, 인어와 친분이 있는 자들에게 향하는 건 당연한 일일지도 모릅니다. 그리고 그것을 증명한 당신이라면? 물론 크라벤 왕국의 귀빈이 될 수밖에 없겠지 요. 크라벤 왕가로부터 받은 우정의 증표라면, 당신은 크라벤 어디 서든 나아가 어느 바다에서라도 환영받을 것입니다.

　　보상: 스탯 포인트 30개

　　　　잠항 시 수중 마찰 저항 감소 +25%

　　　　잠항 시 수중 산소 소모 속도 감소 +20%


〈바다에서 온 귀중한 손님〉 업적의 두 번째 등록자입니다.

　　업적의 세 번째 등록자까지 명예의 전당에 기록이 되며, 기존 효 과의 200%가 추가로 적용됩니다.

　　효과: 스탯 포인트 60개

　　　　잠항 시 수중 마찰 저항 감소 +50%

　　　　잠항 시 수중 산소 소모 속도 감소 +40%


'스탯 포인트도 괜찮지만 수중 마찰 저항 감소가 엄청난 효 과를 내는군.'

　　하체가 어류로 바뀌어 자연스레 물의 저항을 감소시킨 데 다, 업적의 효과로 약 75%의 저항 감소 효과를 추가로 얻었으 니, 그의 움직임이 빠른 것은 당연했다.

　　만약 이 업적이 적용되지 않았다면 수장룡에게 급속 접근 하는 간 큰 행동 따위는 하지 않았을 것이다.

'그나저나 숫자가 많아. 벌써 일곱 마리라니.'

프라 크라벤을 위협한다, 라고 했을 때부터 수장룡의 수가 많을 거라는 것은 예상했지만 남방 해역에 들어선 지 얼마 되지 않은 시점에 벌써 이 정도의 수가 나올 줄이야.

'아니, 수보다 더 큰 문제는 크기다. 이번 퀘스트 실패 조건에서 제일 신경 써야 할 건 바로 저거야.'

수장룡들이 잠항 선박 근처로 다가가지 못하게 할 것.

수압을 견뎌야 하는 특성상 크라벤의 잠항 선박은 외부와 통하는 그 어떤 틈새도 만들어 두지 않았다.

당연히 잠항 선박을 활용하여 수장룡을 공격하는 행위는 할 수 없다는 의미다.

'게다가 속도도—.'

우우우우우————……!

이제 수장룡의 외형은 이하에게 완벽하게 파악되었다.

7마리 모두 조금씩 달랐으나, 전체적으로 목이 길고 꼬리가 있는, 몸통은 다소 커다란 형태였다.

'네스 호의 괴물이 기본 베이스인가?'

호수의 괴물로 추정되는 바로 그 공룡을 모티브로 했을 게 분명한 수장룡을 향해 젤라퐁은 촉수를 휘둘렀다.

젤라퐁의 촉수가 닿을 정도의 거리.

이하는 젤라퐁의 크기를 기준으로 수장룡의 높이와 길이를 측정해 냈다.

'말도 안 돼— 아니, 맞나? 내가 지금 맞게 본 건가?'

본능적으로 추출해 낸 값을 떠올리며 이하는 잠시 어리둥절했다. 수장룡의 머리부터 꼬리까지의 길이 약 118m?

몸통에 붙어 있는 네 개의 지느러미부터, 등뼈까지의 높이 약 29m?

몸통의 길이가 작고 기다란 목과 꼬리 때문에 다소 과장된 느낌은 있었으나, 이하의 계산은 틀리지 않았다.

얼핏 100m가 넘지 않을까 싶었던 수장룡들은 정말로 그 수준의 크기를 지니고 있는 몬스터였다.

"젤라퐁, 죽여!"

[묘오오오오오……!]

이하의 명령에 따라 젤라퐁의 촉수들이 맹공을 가했다.

수십 개의 촉수는 물론이거니와, 〈전투 모드: 민첩〉 상태라면 이하 자신의 스탯을 기반으로 한 공격력을 갖게 된다.

크기가 크다는 게 제법 위협적이지만 결국 젤라퐁을 당해낼 수 없을 거라는 게 이하의 계산이었다.

"어?"

그것은 '용龍이 붙는 몬스터들의 특성'에 대한 고려가 없는 희망일 뿐이었다.

"……외피……."

지상의 공룡, 토온조차도 웬만한 일반 공격들은 튕겨 내 버리는 두터운 외피를 지니고 있었다.

하물며 수장룡들은 어떨까. 젤라퐁의 날카로운 촉수조차 수장룡에게는 흠집 하나 내지 못하고 있었다.

[묭, 묭, 묘오— 오오오옹!?]

젤라퐁의 공격을 받던 수장룡은 지느러미 하나를 휘둘렀다. 촉수를 휘두르던 젤라퐁의 몸은 순식간에 수장룡에게서 떨어지기 시작했다.

"젤라퐁! 돌아와!"

[묭, 묘호— 묘옹!]

이하의 명령에도 젤라퐁은 돌아올 수 없었다.

특별한 추진력도 없이 몸을 늘어뜨리는 정도로 물속에서 빠르게 움직일 수 있는 생명체의 움직임을 방해하는 것.

그것은 소용돌이였다.

지느러미 한 번 휘두른 것만으로 생성된 물속의 작은 회오리는 젤라퐁을 집어삼킨 채, 원심분리기처럼 젤라퐁을 회전시키고 있었다.

"이런 제길!"

죽어도 죽지 않는 생명체이기에 너무 방심했던 것일까. 수장룡에 대한 명확한 정보와 공략 없이 접근한 게 잘못이었을까.

우우우우우————————……!

"토온 때부터! 진짜 너희 공룡들은 나랑 맞는 게 하나도 없다니까!"

수장룡의 기다란 목이 물속에서 채찍처럼 움직였다.

이하는 재빨리 노리쇠를 한 발 당기며 블랙 베스를 겨누어 들었다.

그래도 공룡의 약점을 알고 있다. 외부로부터의 공격이 통하지 않는다면 답은 내부를 향한 공격뿐.

'한순간에 해내야 한다.'

수중에서 발포 시, 블랙 베스의 탄환은 모든 에너지를 잃는다고 봐도 좋다. 민첩 스탯에 비례하므로 엄청난 공격력을 갖고 있지만, 해당 공격력이 100%의 힘을 발휘할 수는 없을 것이다.

'50% 아니, 30%라도— 그 정도의 힘을 내기 위해서도 1m 거리까진 가야겠지만!'

삼분의 일도 되지 않는 파괴력을 내기 위해 사실상 초근접전을 해야만 하는 상황에서, 이하는 빠르게 다가오는 수장룡의 대가리를 향해 헤엄쳤다.

그리고 블랙 베스를 들어 올렸다.

수장룡의 목과 머리가 그리는 궤적도 전부 꿰뚫어 보고 있다.

'지금— 아!?'

입을 벌리는 그 순간, 방아쇠만 당기면 된다. 문제는 수장룡이 입을 벌리지 않았다는 것이다.

이하는 자신의 몸만큼 큰 수장룡의 눈을 마주쳤다. 눈을 향해 쏠 수는 없다. 탄환은 수중에서 저곳까지 도달하지 못할 것이다.

그렇다면 자신은 무엇을 해야 하는가. 이하의 손은 본능적으로 움직였다.

그 순간, 수장룡의 거대한 대가리가 이하를 후려쳤다.

물속에서는 아무런 타격음도 울리지 않았다.

이하의 몸과 수장룡의 대가리는 같은 방향으로 움직였다. 새카만 바다에서 조금은 다른 색의 액체가 스멀스멀 퍼지기 시작한 것은 그때였다.

검붉은 피가 바다에 퍼지기 시작했다. 인간이 흘렸다고 보기엔 너무나 많은 양이었다.

[묘오오오오옹—!]

젤라퐁이 버둥거렸으나 소용돌이 속에서 빠져나올 수는 없었다.

단 한 번의 타격으로 인한 이하의 죽음?

우우, 우, 우우—————……!

수장룡의 대가리는 곧 마구잡이로 흔들리기 시작했다.

[묘오옹……? 퐁! 퐁!]

소용돌이 속에서 젤라퐁 또한 촉수를 흔들었다. 좌우로 거세게 흔들리는 수장룡의 머리, 그곳에 붙어 있는 사람을 보았기 때문이다.

블랙 베스를 활용해 탄환을 쏘아 내는 공격만 가능할까?

절체절명의 순간, 이하가 떠올린 것은 단 하나!

"으랏싸아아아아아아—! 내가 뒤질 것 같냐, 이 새끼들아!

〈총검 돌격〉은 레벨 1 때부터 쓰던 거라고!"

블랙 베스의 총구 아래로 비죽이 솟아 나온 마나의 검, 그것이 수장룡의 눈알을 긁어 내고 있었다.

—큭큭……. 지금이라면 충분하다. 각인자여, 놈의 뇌를 나에게 맛보게 해 주겠나.—

"끄으으으, 그럴 순 없지! 지금은— 통하는 방법부터 찾아야 해. 젠장, 가만히 좀— 있어!"

스킬의 레벨과 등급이 많이 올랐다지만 총검 돌격 스킬의 지속 시간은 여전히 1분이 채 되지 않는다.

이하의 몸만큼 거대한 수장룡의 눈알에 깊숙이 박힌 지금은 괜찮겠지만 곧 이하는 떨어지게 될 것이다.

'블랙 베스의 말 대로야. 지금 〈단 하나의 파괴〉를 쓰던지— 아니, 스킬조차 사용하지 않고 방아쇠만 당겨도 이 자식을 죽일 수 있을지 몰라.'

그러나 이하는 곧장 공격을 지속하지 않았다.

지금은 수장룡 한 마리를 죽이는 게 중요한 일이 아니다. 주변에서 호시탐탐 이하를 노리고 있는 수장룡은 아직도 여섯 마리나 더 있다.

'〈총검 돌격〉의 쿨타임은 5분. 그 전에 모든 테스트를 끝내

야 한다.'

그리고 온전한 수장룡을 상대로는 테스트를 할 수 없다는 게 이하의 결론이었다.

이하는 각오를 마.치자마자 마나 총검을 뽑아냈다. 수장룡의 안구에서 피 외의 온갖 액체들이 울컥거리며 뿜어져 나왔다.

우, 우우우우우……!

한쪽 눈이 멀어 버린 수장룡은 이하를 곧장 공격할 수 없다. 그리고 수장룡에게 바짝 붙어 있는 이하를 다른 수장룡들이 공격할 수 없다.

그렇다면 해야 할 일은?

"얼마나 딴딴한지 보자고!"

이하는 빠르게 헤엄치며 수장룡의 신체 곳곳을 찔러 보았다.

마나 총검이 박히는 부분은 어디인가. 녀석들의 신체 구조상 가장 약한 쪽은 어디인가.

이마가 되는 부분, 머리와 목의 연결 부위, 기다란 목의 바로 뒷부분, 아랫부분, 목과 몸통의 연결 부위, 등뼈의 한가운데와 꼬리까지.

"말도 안 돼. 어떻게 이럴— 으으읍!"

마나 총검이 박히는 부위는 단 한 군데도 없었다.

잠시만 멈춰도 수장룡의 지느러미는 젤라퐁을 가뒀던 소용돌이를 만들어 내어 이하를 가두려 했고, 거리를 조금이라도 벌리려 하면 기다란 목을 채찍처럼 사용해 공격하려 한다.

'저런 몸이면 무게도 백 톤 단위가 넘을 텐데— 단순한 공격으로 될 것도 아니고—.'

우선 급한 것은 공격을 피해야 한다는 점.

이하는 주변의 다른 수장룡들이 휘두르는 목 후려치기 공격을 피해 가며 빠르게 하강했다.

수장룡들은 거대한 몸집을 지니고도 여유롭고 빠르게 유영하며 이하를 뒤쫓았다.

부드러운 움직임은 저것이 전체 길이 100m급의 생명체가 맞나 싶을 정도였다.

'아무리 여기가 추후 오픈될 지역이라고 해도 약점이 없을 리 없어. 지금의 내가 정면 승부를 하지 못하는 것이야 그렇다 치지만— 약점은 분명히 있—다?'

수장룡보다 더욱 아래로 잠수하여 고개를 든 이하의 눈에 무언가가 들어왔다. 〈꿰뚫어 보는 눈〉에 의해 포착된 지점은 바로 배였다.

정확히는, 수장룡의 외피가 감싸고 있는 배의 중심부에 불룩하게 튀어나온 부위.

마치 인간의 배꼽처럼 보이는 부분을 보자마자 이하는 웃음이 나왔다.

"거기구나?"

〈꿰뚫어 보는 눈〉은 단순히 은신이나 투명 상태만 잡아내는 게 아니다.

치명타를 줄 수 있는 공격 포인트 또한 알아내는 패시브 스킬은, 다른 부위와 조금 다른 색으로 배꼽을 표시하고 있었다.

부그르르르륵…….

더 이상 고민할 건 없었다.

"앞으로 남은 시간은 5초, 어떻게든―."

우우우우우―――――――……!

다른 수장룡이 휘두른 목 공격을 가까스로 피하며 이하는 블랙 베스를 움켜쥐었다.

노리는 곳은 오직 하나, 수장룡의 배 아래에 작게 돌출된 지점!

"―찌른다!"

충분한 속도까지 어우러진 이하의 마지막 총검 돌격은 마침내 목표물에 닿았다.

엄청나게 두껍고 단단한 소시지에 젓가락을 밀어 넣는 느낌.

그것을 손끝과 팔, 어깨를 통틀어 느껴야 하는 괴상한 감각이 채 끝나기도 전, 이하는 마나 총검이 무언가에 닿았다는 것을 알 수 있었다.

꽤 딱딱한 느낌이 들었지만 수장룡의 외피와는 조금 달랐다.

이하가 생각하는 가장 유사한 감각은 산에 있는 바위를 찔렀을 때였다.

'바위……. 돌? 왜 배 속에서 이런 느낌이― 윽!'

그러나 여유롭게 생각할 시간은 없었다.

공격이 성공했다는 것은 즉, 수장룡이 데미지를 받았다는 뜻!

우우우, 캬아아아아아……!

중후하게 울리던 울음소리는 완전히 바뀌어 있었다.

수장룡은 비명을 지르고 있었다.

그보다 더 놀라운 것은 그다음에 벌어진 일이었다.

"어?"

이하를 향해 목을 휘두를 것처럼 굴던 수장룡은 그 이상의 행동을 하지 못했다. 100m 이상의 몸길이를 자랑하는 괴수가 바닷속에서 버둥거리고 있었다.

물에 처음 들어온 갓난아이처럼, 수장룡은 지느러미를 마구잡이로 흔들어 보지만 그 몸은 바닷속에서 균형을 되찾지 못했다.

거체는 서서히 뒤집어지기 시작했다.

"뭐야, 어떻게 된 거야?"

이하는 어쩐지 기시감을 느꼈다.

물속에서 중심을 제대로 잡지 못하고 버둥거리며, 심지어 수면으로 부상하듯 둥실둥실 떠올라 가는 저 움직임은…….

'안데르송이 어인을 공격했을 때! 그래, 물속에서 중심을 잡기 위한 포인트였구나!?'

이하가 배꼽이라고 생각했던 돌출 부위는 바로 수장룡들이 수중에서 무게 중심을 잡도록 만들어 주는 거대한 돌과 같은 장기였다.

그것을 잃자마자 수장룡은 물속에서 움직일 수 없게 되었고 그대로 수면을 향해 떠오르기 시작한 것!

우읍, 부우웁구르르륵…….

뒤집힌 수장룡은 목조차 제대로 가누지 못했다.

이하를 공격하기 위함이 아니라, 말 그대로 살고자 목을 움직여 보지만 그조차 마음대로 되지 않는다는 의미였다.

꺼떡거리는 수장룡의 목과 대가리에서는 엄청난 양의 기포가 솟구쳐 나왔다.

'호흡도 못 하는 거다! 하긴, 저건 어류가 아니라 물속에서 숨을 못 쉬는 건가? 아니면— 그 뭔가가 깨져 버리면서 더 이상 호흡을 저장할 수 없게 된 거야.'

이유는 알 수 없었지만 수장룡이 죽어 가고 있다는 건 확실했다. 그것은 다른 수장룡의 반응만으로도 알 수 있었다.

우우우우우————————……!

6마리의 수장룡들은 이하를 공격하지도 않고, 떠오르는 같은 종족의 생명체를 구출해 내지도 못한 채 그저 울부짖고 있었다.

그것은 완전한 패닉이었다.

이하는 그 잠깐의 틈을 놓치지 않았다.

"젤라퐁! 크앗!"

우선 해야 할 일은 젤라퐁의 구출이었다.

그러나 그것은 쉽지 않았다. 막대한 무게와 크기에서 만들어 내는 인공 해류는 여전히 강력한 힘을 지니고 있었고, 소용돌이 근처로 다가간 이하가 오히려 빨려 들어갈 정도였다.

'젠장, 이건─ 어떻게 하지? 손잡이가 있어서 멈출 수 있는 것도 아니고 멈추게 하려면─ 반대로?'

시계 방향으로 계속해서 회전하고 있는 젤라퐁을 보며 이하는 시계 반대 방향으로 강하게 헤엄쳤다.

"흐으으읍!"

이미 소용돌이의 중심부까지 빨려 들어간 젤라퐁을 향한 이하의 노력은 가히 처절했다.

다만 반대 방향으로 도는 이하가 만들어 내는 힘이 해류의 움직임을 헤쳐 나가기가 쉽지 않을 뿐이다.

그러나 아주 조금의 와류만 생겨도 괜찮다.

인간이 아닌 참치의 몸이기에 작은 틈만 있어도 충분히 물살을 뚫을 수 있다.

"나와! 끄으으으, 빨리!"

[묘오─ 오오오오─옹!]

물의 정수로 만들어진 젤라퐁은 물에 있어서만큼은 어디에도 자유로운 존재다. 소용돌이에 생긴 보이지 않는 '작은 틈'은 충분히 찾을 수 있다는 뜻이기도 했다.

마탑의 사수

그럼에도 젤라퐁의 몸이 뜯어질 정도의 힘이 가해져서야 가까스로 소용돌이를 탈출할 수 있었다.

만약 소용돌이에 자신이 갇혔더라면…….

'잠깐 버티는 것도 어려웠겠는데? 그럼 이건 사실상 공격 스킬이라고 봐야 하는 건가. 접근전을 하려면 물리 공격보다 이쪽을 주의해야겠군.'

수장룡의 강점과 약점을 파악해 냈다.

그럼 지금 계속 싸워야 하는가?

[뭉! 묘오오옹!]

젤라퐁이 몸에 부착되자마자 이하는 뒤로 돌아 헤엄치기 시작했다.

이하는 자신이 해야 할 일이 무엇인지 잘 알고 있었다.

젤라퐁도 먹히지 않고, 이젠 마나 총검도 사라졌다. 더 이상의 공격 수단이 존재하지 않는다.

그렇다면 무리하게 싸울 이유가 없잖은가?

잠항 선박이 대기하고 있는 곳으로 돌아가던 이하의 신체에서 광휘가 뿜어져 나왔다.

레벨 업 이펙트와 함께 머릿속에 업적 팡파르가 울렸다.

빠밤—!


[레벨이 올랐습니다.]

[목이 길어 슬픈 파충류들 업적을 획득하였습니다.]

[업적 콜렉터 업적을 획득하였습니다.]

"의외로 말이 통하는 NPC들인 건 괜찮은데."

[뭉?]

"아니, 너 말고."

이하는 터덜터덜 걸으며 크라벤에서의 일을 떠올렸다.

잠항 선박은 상당량의 마나 에너지를 소모한다고 했다. 바람을 이용하는 것도 아니고, 노를 저어 나가는 것도 아니니 당연할 것이다.

그런 선박을 세 척이나, 심지어 왕과 왕자까지 함께한 행차 길은 쉽게 무를 수 없다고 한마디 들을 줄 알았건만 의외로 그들은 이하의 설득을 그대로 받아들였다.

'아, 무슨 항해사랑 부관인가 하는 사람들이 좀 난리를 치긴 했군. 어쨌건 내가 크라벤 왕실 쪽 인물들이랑은 좀 잘 맞나?'

몇몇 NPC들은 왕국에 대한 모욕이라느니, 기술을 빼 가기 위해 돌아온 것이 아니냐는 둥의 말을 했으나 펠리페 2세와 그의 아들 페르난도 왕자가 이하의 편을 들어 주었던 것이다.

"우리 중 수장룡 한 마리라도 상대할 수 있는 방법이 있었다면, 나 역시 하이하 공의 말에 따르지 않을 것이다."

"우리는 남방 해역 항행을 위한 첫 걸음을 뗀 셈이오. 이건 단순히 체면의 문제가 아닙니다. 우리 크라벤이 언제부터 체면만 생각하는 그런 국가였습니까?"

짠 바람 맞는 뱃사람들에게 중요한 것은 언제나 실리다.

왕국과의 친밀도는 낮더라도 왕실에 대한 친밀도가 높은 이하였기에 대우도 받은 것이었으나 그런 국가적인 기질도 한 몫했음은 분명했다.

"그래서 온 곳이—."

"여기라고."

"그런 셈이죠."

이하가 발걸음을 멈춘 곳은 시티 가즈아의 보틀넥 대장간이었다.

보틀넥은 턱수염을 잡아당기며 인상을 찌푸리고 있었다.

이하는 어깨를 으쓱였다.

참견하기 좋아하는 드워프 NPC가 무슨 말을 할지 이미 알고 있었으니까.

지금도 전투는 한창이다.

메탈 드래곤들은 물론, 키드와 루거의 맹활약으로 조금 더 전선을 밀어내는 효과를 보았다지만 전체적인 전황은 비등하게 흘러가고 있다.

그런데 하이하가 왜 이곳에 있는 거지?

"성주, 내 한마디만 하지. 지금—."

"네. 저도 알고 있어요. 알고 있음에도 여기 있는 겁니다."

이하는 빠르게 보틀넥의 말을 끊으며 가방을 뒤적거렸다.

갑자기 말문이 막힌 보틀넥은 기침을 하고 있었으나 이하는 그를 바라보지도 않고 말을 이었다.

"그러니까 아저씨가 빨리 해 주셔야 해요."

"콜록, 콜록, 뭘!"

이하는 가방에서 무언가를 하나 꺼내어 보틀넥에게 건넸다. 그러곤 블랙 베스를 '앞에 총' 자세로 쥐곤 외쳤다.

"〈총검 돌격〉."

"뭐, 뭐야?"

우우우웅…….

갑작스런 마나 총검을 보며 보틀넥이 잠시 움찔거렸다.

"제가 이걸로 공격이라도 할까 봐요? 아저씨가 만들어 주셔야겠어요."

"뭘?"

"이 정도의 공격력을 지닌 총검. 절삭력이 적어도 이 정도는 나와야 하고, 내구도도 있어야 해요. 있는 재료를 사용하셔도 좋고, 제 레어에서 나오는 레어Rare 메탈을 사용하셔도 좋고, 그것도 안 되면 그거라도 써서 만들어 주세요."

보틀넥은 잠시 눈을 끔뻑거렸다.

이하가 건넸기에 얼떨결에 집어 든 물건을 그는 잠시 살폈다. 이하가 보틀넥 대장간에 온 이유는 하나였다.

"이, 이건―."

"예전에 교황청에서 챙긴 건데……. 우선 챙겨 놨다가 나중에 템 만들려고 했었거든요. 쩝, 이렇게라도 써서—."

"이런 미친! 뭐야!?"

이번 〈라퓨타〉를 다녀왔을 때의 보상은 아니었다.

티아마트전에 대한 보상으로 이하는 교황청의 수장고를 이용할 권한을 획득했었다.

당시 이하가 수장고 내에서 획득한 것 중 하나가 바로 '홀리 페어리'. 그렇다면 다른 하나는?

보틀넥은 동그란 눈으로 이하를 바라보며 외쳤다.

"〈블레스드 메테오라이트〉!?"


### 〈블레스드 메테오라이트〉

무게: 7kg

설명: 에즈웬의 교황청 광장의 중심부를 만들게 된 원인. 교황청을 건설할 당시 하늘에서 떨어져 지금의 광장 중앙 자리에 박혔던 운석이다. 당시의 교황을 비롯한 에즈웬의 교인들은 그것을 주신 아흘로의 메시지라고 보았다. 이것이 정말 신의 축복을 받은 것일까? 그러나 적어도 이름값은 확실했다. 당시 에즈웬의 어떤 대장장이도 이것을 갈아 내지 못했다는 전설이 전해지니까.


검은색이지만 검은색이라 할 수 없는 표면.

짙은 은색과 어두운 회색, 밝은 검은색의 조화라고 설명할 수 있을까. 이하는 도무지 그 오묘한 색을 설명할 수 없었다.

어차피 중요한 건 생김새 따위가 아니었다.

오래전 미들 어스의 대륙에 떨어져 그 어떤 대장장이도 갈아 내지 못했던 운석. '신의 축복을 받았기 때문'이라는 이유가 붙을 정도로 단단한 광물이다.

"할 수 있죠?"

아이템 설명에 스치듯 언급되는 '전설'이 바로 이하가 찾아낸 힌트였다. 지금도 흔치 않은 전설급 대장장이는 그 당시 더욱 희귀했을 것이고 따라서 에즈웬은 이것을 묵혀 둔 것이다.

지금은?

보틀넥은 이하를 바라보았다.

이하의 레어Lair에서 가져온 레어Rare 메탈들이 주변에 즐비했으나 보틀넥은 그쪽으로 눈길도 주지 않았다.

블레스드 메테오라이트와 이하를 번갈아 보던 보틀넥의 시선은 이제 블랙 베스의 총구 쪽을 향했다.

"크기는 이 정도면 되는 건가."

"조금 더 길어도 상관은 없을 것 같아요. 그렇다고 너무 길면 측면에서의 공격으로 부러질 수도 있으니……. 어쨌든 '창'처럼 쓸 수 있기만 하면 됩니다."

보틀넥은 고개를 끄덕였다.

전설급 대장장이의 AI는 이미 계산을 끝마쳤으리라.

"3시간만 주게."

그 이상 보틀넥에게 들을 말은 없었다. 이하는 고개를 끄덕이곤 곧장 수정구를 꺼내어 들었다.

다음으로 향할 행선지는 용궁.

드레이크에게 〈다곤의 알〉에 대한 설치를 부탁한 후 이하 또한 신대륙의 중앙부로 갈 예정이었다.

―크크크…… . 놈들이 만든 새로운 피 맛을 볼 수 있겠군.―

"원 없이 먹여 줄게, 블랙."

총검이 완성된 이후 다시금 크라벤의 남방 해역을 향하기까지, 앞으로 3시간 동안 이하는 신대륙 중앙에 있을 예정이었다.

그에 대한 대비는 당연히 필수였다.

### 〈업적: 목이 길어 슬픈 파충류들(S+)〉

축하합니다! 당신은 로페 대륙 남쪽 해역의 지배자들의 정체를 밝혀냈습니다. 쉼 없이 몰아치는 거친 풍랑을 만들어 내는 생명체, 마나의 소용돌이를 바다와 하늘, 양쪽 공히 사용하는 생명체가 있다니 놀랍지 않나요!? 지금껏 베일에 감추어져 있던 생명체들의 존재가 드러나며, 로페 대륙의 많은 모험가와 항해사들이 흥분하기 시작했습니다. 만약 저 수장룡들에게 맞설 방법이 있다면, 특히 이미 수장룡과의 전투에서 승리한 당신의 비법이 전수된다면……! 문명의 발자취는 한 걸음 더 나아갈 수 있게 될지 모릅니다. 당신이 행하게 될 로페 대륙 남쪽 해역에서의 더욱 자세한 탐방을, 미들 어스는 기다리고 있습니다.

　보상: 스탯 포인트 30개

　　　잠항 시 수중 공격력 상승 +10%

　　　잠항 시 수중 방어력 상승 +5%

　　　수장룡에게 피격 시 입는 데미지 +15%


〈목이 길어 슬픈 파충류들〉 업적의 첫 번째 등록자입니다.

　업적의 세 번째 등록자까지 명예의 전당에 기록이 되며, 기존 효
과의 200%가 추가로 적용됩니다.

　효과: 스탯 포인트 60개

　　　잠항 시 수중 공격력 상승 +20%

　　　잠항 시 수중 방어력 상승 +10%

　　　수장룡에게 피격 시 입는 데미지 +30%


　처음으로 발견한 게 아니라 이름을 붙이는 것은 불가능했
지만, 적어도 첫 번째 사냥이라는 건 확실했다.

　'이름도 없는 몬스터 한 마리였을 뿐인데 토온을 잡았을 때
보다 높은 등급의 업적을 주다니. 하긴, 그 소용돌이 하며……
업적 설명으로 봐서는 날씨를 구리게 만든 것도 이 녀석들의
짓이라는 뜻이잖아.'

　푸른 수염을 극대노하게 만들었던 토온의 사살은 고작 S급
의 업적이 나왔을 뿐이었다.

물론 이벤트 몬스터이자 네임드 몬스터였으므로 S급이 두 개가 나오긴 했지만 어쨌든 S급일 뿐이다.

그런데 수장룡 한 마리를 처치했다고 S+급의 업적이 나왔다.

'거기도 분명 보스급이 있을 텐데.'

상당히 사냥하기 힘들었지만 약점이 명확한 이상 프라 크라벤이라는 신화급 생명체가 감당하지 못할 리가 없다.

즉, 그곳에도 필드 보스급의 네임드 몬스터는 존재한다는 뜻.

그런 것을 고려해 보자면 수장룡의 필드는 도대체 언제 열렸어야 한다는 이야기일까.

'하긴, 약점 파악이 어려웠을 뿐이지 사냥 자체는 쉬웠던가?'

앞으로는 더욱 조심해야 할지도 모른다. 여전한 미들 어스의 페널티급 업적은 이하로 하여금 한숨을 내쉬게 만들었다.

"바로 그 보스와 싸울 때 피격 데미지가 +45% 늘어나는 건가. 쩝, 죽여라, 죽여. 에휴……."

이하는 고개를 저으며 캐릭터 창을 열었다. 이전보다 훨씬 더 상승한 스탯들이 그를 반겨 주고 있었다.

이름: 하이하 / 종족: 인간

직업: 하얀 사신 / 레벨: 276 (0.52%)

칭호: 주신의 불을 내리는 / 업적: 202개

HP: 11,940(8,358)

MP: 11,330

스탯: 근력 912(+827)

　　　민첩 6,500(+1,720)

　　　지능 690(+474)

　　　체력 464(+338)

　　　정신력 1,000(+206)


남은 스탯 포인트: 182


　라퓨타를 다녀온 이후 얻었던 스탯 포인트는 이루 말할 수 없을 지경이었다.

　'민첩에만 300포인트, 정신력에 300포인트를 박아 넣었으니— 헐, 그 한 번의 원정으로 벌어들였던 게 거의 600포인트나 됐나?'

　6,200이었던 민첩이 6,500이 되었고 700이었던 정신력은 1,000이 되었다.

　마나 통이 비교도 할 수 없을 정도로 커진 이유이자, 더 이상 이하가 스킬을 사용함에 있어 부담을 느끼지 않는 자신감이었건만.

　'또 182개나 쌓이다니. 이거 덕분이긴 하지.'

**〈업적: 업적 콜렉터(S+)〉**

축하합니다! 당신은 누적 획득 업적 200개를 돌파하며 명실상부 미들 어스의 〈업적 콜렉터〉로서 이름을 떨치게 되었습니다. 누군가는 단 한 개의 업적을 얻기 위하여 노력하고 있건만, 도대체 무슨 수를 썼기에 200개를 돌파하게 된 걸까요? 당신의 비법을 전수 받기 위해 미들 어스를 여행하는 수많은 초심자들이 줄을 서게 될지도 모르겠습니다.

보상: 스탯 포인트 30개

　　　대륙 공통 명성 +250


〈업적 콜렉터〉 업적의 세 번째 등록자입니다.

업적의 세 번째 등록자까지 명예의 전당에 기록이 되며, 기존 효과의 200%가 추가로 적용됩니다.

효과: 스탯 포인트 60개

　　　대륙 공통 명성 +500


100개 업적 획득 시에는 관련 업적이 없었다.

아웃사이더로서 이름을 떨치지 않더라도 100여 개의 업적까지는 충분히 획득할 수 있으므로 업적을 생성하지 않은 것일까.

'실제로 내가 세 번째다. 200개 업적 돌파자는 지금까지 고작 두 명밖에 없었다는 거야.'

한 명은 알렉산더일 확률이 높다.

다른 한 명은?

이하는 자신이 특이한 경우라는 걸 잘 알고 있었다. 즉, 다른 한 명은 아웃사이더가 아니라 탑 랭커 중에 있을 확률이 높았다.

미들 어스의 천재라 불리는 람화정? 막대한 지원을 등에 업은 이고르? 인해전술로 온갖 업적의 획득 방법을 제공 받을 수 있는 페이우?

'아니면 단순하게 생각해서, 랭킹 2위 이지원……일 것 같은데, 이 인간 요즘 어디서 뭘 하고 있는 거지?'

이하는 불현듯 랭킹 2위의 행보가 궁금해졌다.

〈라퓨타〉행에도 참여하지 않은 이지원은 어디서 무얼 하는가. 이하와는 서로 친구 등록이 되어 있지만 그의 위치는 보이지 않았다.

'뭐, 내가 걱정할 건 아니지. 우선 용궁이나 가자.'

드레이크에게 〈다곤의 알〉을 설치해 달라고 말해야 한다. 이하는 '민첩'에 150 포인트를 투자하고 캐릭터 창을 갈무리했다.

이미 작동시켰던 수정구에 의해, 여명의 바다 중앙부에 있던 이하는 곧장 〈인어화〉를 사용하며 바다로 뛰어들었다.

Geschoss 3.

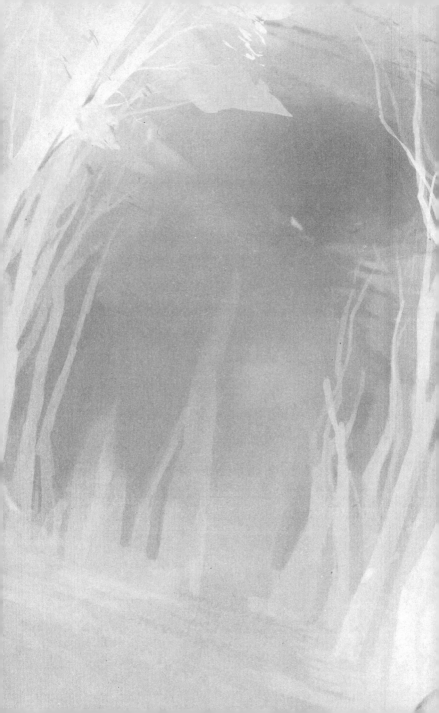

[〈스프레드 블레이즈〉, 〈콤팩트 에어〉.]

바하무트는 양손을 뻗었다.

"캬앗— 캬아아아……!"

"키리리리리……."

왼손이 뻗은 방향에서는 부채꼴의 화염이 끝없이 확산되었다. 화 속성에 약한 키메라와 합성된 몬스터들이 있는 지역이었다.

"허흡, 허— 흡! 흡!"

"흡, 허어어엇."

오른손이 뻗은 방향에서는 몬스터들이 단체로 호흡 곤란을 일으키고 있었다.

순간적으로 공기를 압축시키고 산소의 흐름을 막아 버리는 스킬.

기본적으로 '생명체'로 분류되는 야수형 몬스터들은 자신들의 목을 쥐고 뒹굴 수밖에 없었다.

그럼에도 최전선의 유저들은 긴장을 풀 수 없었다.

"빨리! 빨리 처리해!"

"바하무트가 나섰을 때 죽여야 돼!"

1세대 마왕군으로 분류되는 몬스터들이었다면 바하무트의 공격에 의해 대부분 잿빛으로 변했을 것이다.

그러나 2세대 마왕군, 파우스트가 만들어 낸 '넥스트 제너레이션'은 그렇지 않았다.

"제기랄, 키메라 쪽은 벌써 언데드화 됐어! 늦었다! 〈턴 언데드〉 쓸 수 있는 쪽은 빨리 갈겨!"

"야수형 쪽도 언데드, 키메라로 변해 간다! 빨리, 빨리!"

하나의 특성을 지닌 생명체가 자신에게 약한 상성의 공격을 받으면 순식간에 다른 특성을 지닌 생명체로 변환되는 문제는 이미 파악이 되었다.

[캬아아아아아—————————!]

[〈포스 블리자드〉]

메탈 드래곤들이 브레스를 뿜고 광범위 얼음 마법을 사용하고, 바하무트가 적극적으로 개입해도 전선을 겨우겨우 밀어내는 이유가 바로 그것이었다.

"이래서는— 끝도 없겠는데? 보배 씨! 파우스트 안 보여

요? 그 자식 머리를 날려 버리면 좀 편하지 않을까?!"

"기정 씨 같으면 나오겠어요? 파우스트가 바보도 아니고—."

콰아아아아—————————o!

"—저렇게 루거가 생난리를 치고 있는데! 당연히 이하 씨도 이 전장에 있을 거라고 생각하겠죠!"

폭음과 함께 몬스터 몇 마리가 공중으로 튀어 올랐다.

일반적인 스킬과는 효과음부터 다른 루거의 원거리 지원은 분명 유저들에게 큰 힘이 되고 있었으나 그게 가끔은 문제가 되기도 했다.

"으으, 정작 이하 형은 아직 오지도 않았는데! 차라리 루거 씨랑 키드 씨가 없는 게 낫지 않았을까요?"

실제로 이하가 아직 등장조차 하지 않았다는 점과 이하가 도착했을 때 사용할 만한 카드를 잃었다고 여겼기 때문이다.

전선에서 '일부러' 당하는 연기를 해 가며 파우스트를 꾀어 내고, 이하의 확실한 저격으로 적의 사령관을 없애 버린다면?

그러나 그것조차 쉬운 일은 아니었다.

기정이 할 만한 생각이라면 이미 머리 깨나 쓴다는 유저 대부분이 떠올릴 수 있었던 작전이다.

"루거, 키드 씨가 아니었다면 좌익 전선은 이미 무너졌을 거야, 케이. 〈스페이스 그랩〉."

혜인은 폭발에 의해 공중으로 튀어 오른 몬스터들을 잡았다.

웃으면서 지팡이를 땅에 찍는 것만으로 허공의 몬스터들 사지육신이 분해되었다.

"그, 그런 공격 하면서 말씀하시면 협박하는 것 같잖아요, 혜인 형님."

기정을 비롯한 별초의 유저들조차 이 정도의 여유를 갖는 게 최선일 정도로 전황은 급박했다.

람화연이 이하에게 빠르게 연락하여 오라고 하지 않았던 것도 바로 그 점이었다.

1세대 마왕군만을 상대할 때는 여유가 있어 별다른 준비가 필요 없었고, 지금은 오히려 상황이 급박해 하이하 하나로 무언가 바뀔 것이 생길 것 같지 않기 때문이다.

'녀석들이 예상보다 빨리 움직인 것도 그런 이유였을 거야. 애초에― 우리 쪽에서 별다른 작전을 기획하지도 못하게 만들려고…….'

람화연은 입술을 질끈 물었다.

티아마트 전 이후 부쩍 강력해진 〈신성 연합〉 덕분에 겨우 버티고는 있지만 이대로는 점점 상황이 기울어질 것이다.

어떻게 해야 전장을 마무리할 수 있을까?

'바하무트를 무제한으로 사용할 수도 없을 거다. 분명히 어떤 시점을 계기로 돌아가려 할 거야. 그전에 끝내야 하는데.'

바하무트는 마법과 브레스, 양쪽 공히 엄청난 활약을 보이고 있다.

그 힘을 사용할 수 있는 시점에서 전투를 마무리 짓는 게 할 수 있는 최선일 것이다.

"루비니 씨, 파우스트는? 안 잡히나요?"

당연히 그 최선은 적의 머리를 꺾어 버리는 일일 수밖에. 그러나 그조차 쉬운 일은 아니었다.

"정밀 매핑Mapping을 해 본다면 어디 숨어 있는지 찾아볼 수도 있겠지만……."

전장은 살아 숨 쉬듯 움직이고 있다.

마왕의 조각들이 사용할 때보다 더욱 더 유기적으로 움직이는 몬스터들 때문에 루비니의 전황도는 계속해서 필요하다.

그녀에게 다른 일을 시킬 수 없다는 점에서도 람화연은 불만이었다.

"이 정도의 명령 체계를 갖추려면 분명 전장을 보고 있다는 뜻인데……삭제 대체 어디 숨은 거지?"

"전장이 바뀝니다! 1세대 마왕군을 제외한— 2세대 마왕군이 뒤로 빠지려는 움직임을 보이고 있어요!"

생각을 정리하던 람화연은 순식간에 현실 세계로 돌아왔다. 루비니의 외침은 선뜻 이해하기 힘든 말이었다.

"네? 말도 안 돼! 이제 와서 왜 갑자기?"

2세대 마왕군이 빠지고 1세대만 남는다면 전쟁은 끝이다. 파우스트가 미치지 않고서야 그런 명령을 내릴 리는 없다.

당연히 마왕군 소속 최고위 유저는 미치지 않았다.

"그리고…… 뒤에서 새로운 몬스터 무리들이 등장했어요."

2세대 마왕군을 뒤로 무르는 와중에 루비니의 지도 끝에서 한 무리의 점들이 점멸했다.

"……루비니 씨, 점의 크기가 강력함을 나타낸다고 했죠?"

촘촘하게 박혀 있는 2세대 마왕군에 비하면 턱없이 적은 숫자였다. 그러나 2세대 마왕군이 물들인 지도의 색상에 결코 뒤지지 않았다.

"네. 바꿔 말씀드리자면 이 녀석들은……."

"2세대 마왕군보다 강한 또 하나의 카드라는 거군. 하지만 왜 2세대 마왕군을 물리면서 새로운 군을 투입하는 거지? 제대로 할 거였다면 이런 식의 움직임을 보이진 않았을 텐데."

총력전을 할 마음이 없다? 왜? 그들이 원하는 것은?

'저들이 원하는 건— 시간 끌기지. 당장 이 전투에서 승리하는 건 아닐 거야. 아니, 그렇더라도 자신들의 강력함을 우선 보여 줘야 하는 거 아닌가? 우리 전력을 깎아 놓으면 앞으로 일하기가 훨씬 수월해질 텐데?'

람화연은 파우스트의 입장으로 생각했다.

자신이 파우스트였다면.

마왕의 조각들이 〈마의 파편〉, 마왕을 깨우기 위해 필요한 시간을 벌기 위해 전쟁을 일으켰다면.

2세대 마왕군으로 〈신성 연합〉의 유저들을 놀라게 한 이후 어떤 일을 하는 게 가장 효과적인가.

'……〈신성 연합〉에서 가장 방해가 되는 존재들. 드래곤들을 섣불리 움직이지 못하게 만들어야지.'

그럼 지금 다가오는 몬스터들이 할 일은?

그것들의 정체는?

람화연의 머릿속에 스친 것은 한 단어였다. 있을 수 없는 일이지만 일어나 버린 일.

'설마……. 말도 안 돼.'

람화연은 당장 스피커를 가동시켰다.


[새로운 몬스터들이 다가오고 있습니다. 합성 몬스터들이 후퇴하고 있으니 그들을 쫓지 않도록 유의해 주시길 바랍니다. 다시 한 번 말씀드립니다. 새로운 몬스터들이 다가오고 있습니다. 이번에 다가오는 몬스터들은…….]


전장에 있는 모두가 귀를 쫑긋거리며 그녀의 전황 정보에 집중했다.

별초는 물론이고 베르튜르 기사단과 팔레오들, 루거와 키드 또한 마찬가지였다.

따라서 그들 모두는 잠시 동안 위기를 겪을 수밖에 없었다.


[토— 토온과 유사한 성질을 지녔을 가능성이…… 높습니다.]

도저히 이해할 수 없는 말이었다.

몇 개의 혼란이 중첩되는 것도 당연했다.

무엇보다 저런 말을 한 자가 람화연이라는 게 그들에겐 더욱 황당하게 다가왔다.

"서, 설마……. 에이."

"람화연 씨가 아직 이런 전투를 많이 겪어 보지 못했으니까 하는 말이겠지. 말도 안 돼. 토온과 유사한 성질이라니, 사우어 랜드의 공룡들은 밖으로 나오지도 않았는데 무슨……."

자신들이 아는 정보를 활용하여 람화연의 외침을 부정해 보는 유저들도 많았다. 그리고 그게 일반 상식적인 행동이었다.

파우스트가 무슨 재주가 있다고 사우어 랜드의 공룡들을 미왕군으로 편입시킬 수 있었을까.

그런 일은 있을 수도 없고 있어서도 안 된다.

"크크크……. 하지만 충분하다는 거지. 드래곤들은 전부 전장으로 몰렸나?"

"네. 메탈 드래곤의 개체 수는 전부 확인되었습니다."

"좋아. 딱 한 번만 보여 주면 되는 거니까."

파우스트는 자리에서 일어났다.

푸른 수염의 직속 부하이자 그와 동행하며 일을 했던 유일한 유저.

〈신성 연합〉의 유저들이 〈쟌나테의 열쇠〉를 지니고 치요와 투덕거리고 있을 때, 푸른 수염이 참전하지 않은 이유가 있었다.

첫 번째는 〈천국으로 가는 계단〉의 문을 열어야 했기 때문이다.

그리고 또 하나의 알려지지 않은 이유.

파우스트를 비롯한 마왕군 유저들이 '찾아낸' 무언가를 확인하기 위해, 푸른 수염은 파우스트와 함께 길을 나선 적이 있었다.

마왕의 조각 레, 푸른 수염, 귀족鬼族들의 백작, 야수 군단의 장.

"그리고……. 거대 괴수의 지배자."

캬아아아아────────ㄱ!

쿠워어어어────────……!

〈신성 연합〉의 전선을 향해 포효하며 달리는 것은 공룡이었다.

토온이나 사우어 랜드의 공룡보다는 '조금 작은', 그러나 지면에서 머리까지의 높이가 30m는 족히 넘는.

그것은 문명화 되지 않은 야수 그 자체였다.

"엥?"

블랙 베스를 야무지게 쥔 이하는 전장의 상황을 보며 잠시 당황했다.

기정과 람화연을 통해 새로운 몬스터 무리가 나타났다는 이야기는 이미 들은 상태였다.

"화연아! 기정아! 블라우그룬 씨! 뭐야, 어떻게 된 거야?"

그런데 이토록 평온한 전장은 도대체 어떻게 된 일인가.

각종 스킬의 여파로 인해 울퉁불퉁해진 지표면 등이 전투의 격렬함을 나타내고 있을 뿐, 정작 몬스터들은 보이지 않았다.

메탈 드래곤들은 한곳에 모여 있었다.

모두가 인간으로 폴리모프한 채 모여 있는 그들을 보며 이하는 어떤 종류의 위화감을 느꼈다.

'바하무트 님의 표정이……'

지쳐 보였다고 할 수 있을까.

잠시 후 기정과 블라우그룬 그리고 람화연이 이하의 곁으로 다가왔다.

"형……."

"하이하 님."

"'미니 토온' 같은 놈들이 우르르 나왔다면서요? 다 죽인 거야?"

이하가 농담처럼 말을 던졌다. 당연히 몬스터들이 모조리 죽었을 리 없다.

그렇다면 전투는 어떻게 끝난 거지?

주변 유저들은 삼삼오오 모여 사체를 루팅하거나, 이런저런 흥분에 휩싸여 지껄이고 있을 뿐이었다.

그곳에 승리의 함성은 없었다.

람화연의 꽉 쥔 주먹이 부들부들 떨리고 있었다.

"한 방 먹었어."

"응? 누가 당했어?"

"우리 모두가."

"그게 무슨 소리야?"

람화연은 불과 몇 분 전에 끝난 전투의 양상을 이하에게 말하기 시작했다.

듣는 이하로서도 제법 충격적인 이야기가 될 수밖에 없었다.

30m급의 거대한 괴수들의 진격. 1세대 마왕군을 짓밟으면서까지 공격하는 흉포함.

최전선의 유저들의 물리 공격조차 튕겨 내 버리는 갑피의 단단함.

그러나 그 정도는 얼마든지 용인할 수 있는 사항이었다. 이하가 놀란 것은 그다음 부분을 이야기할 때였다.

"말도 안 돼! 미니 토온이라고 말한 건 그냥 장난이었는데? 진짜 그랬다고?"

"응. 토온과 다름없었어. 스킬은 사용하지 않았지만."

"바하무트 님, 거짓말이죠? 무슨— 아니, 말이 안 되잖아. 메탈 드래곤의 수장이자 사실상 드래곤의 왕인 바하무트 님의 마법을…….”

디스펠했다?

토온은 자신의 포효로 에인션트 드래곤의 스킬을 상쇄시켜
버린 적이 있다. 그러나 이번 몬스터는 토온이 아니다.

하물며 디스펠된 마법을 사용한 존재가 에인션트 드래곤도
아니다!

“고작 7마리가 모인 것만으로 어떻게 그런—.”

이하는 할 말을 잃고야 말았다.

바하무트의 표정이 좋지 않았던 것은 바로 그런 이유였다.

토온보다 ‘급’이 낮다는 것을 생각하면 7기의 괴수도 터무
니없이 적은 숫자이지 않은가.

“제 마법 또한 고작 3마리에게 디스펠당했습니다. 아르젠마
트 님은 물론이거니와, 베일리푸스 님의 브레스조차도……. 젤
레자 님의 검도 그들을 완전히 절단하지 못했습니다. 뼈의 절반
까지 밖에 들어가지 않았다고 아쉬워하시더군요.”

하물며 에인션트급 드래곤의 마법과 브레스를 디스펠하기
위해 필요한 게 고작 ‘3기’ 수준에, 스틸 드래곤의 꼬리로 만
든 검조차 그것을 완전히 베어 내지 못했다면.

이하는 할 말을 잃고 말았다.

당장 GM에게 연락해야 하는 게 아닌가, 라는 생각이 들 정
도였다.

“아니, 이상하잖아요! 뭐야, 이거! 사기잖아! 화연아, 아까 말

했던 숫자 맞아? 기정이 너는 직접 싸워 봤지? 몇 마리였어?"

기정과 람화연에게 최초에 들었던 이하는 그들의 숫자도 대략 알고 있었다. 그럼에도 이하는 다시 한 번 확인하고 싶었다.

람화연이나 기정의 기억보다 더욱 확실한 정보를 지닌 유저가 말했다.

"제 지도에 표현되었던 녀석들의 총 개체 수는 333마리예요. 돌아갈 때는 세 마리가 줄긴 했지만."

"파우스트 녀석, 귓속말까지 보냈어. 자신들이 찾아낸 〈칼라미티 레기온Calamity Region〉의 위력을 보았냐며……. 그러곤 모든 병력을 철수시키더군."

〈재앙 군단〉.

이하는 본능적으로 알 수 있었다.

그들이 왜 준비가 미처 되지 않은 시점에서 싸움을 걸어왔을까.

2세대 마왕군까지 투입해 전투를 치르고, 330마리의 거대 괴수까지 보여 주며 압도적인 전력을 확인시킨 후 퇴각한 이유가 무엇일까.

"……신대륙 동부로 오지 말라는 거군."

"응. 그것들이 있는 이상 우리는……."

마의 파편을 일깨우려는 마왕의 조각을 찾아낼 수 없다.

압도적인 화력으로 무너진 게 아니다. 끊이지 않는 물량 공세를 펼친 것도 아니다.

파우스트는 확실히 지능적인 유저였다.

"그 합성 몬스터들을 내보낸 게 드래곤들을 적극 개입시키기 위함이었고—."

"드래곤들이 확실하게 나섰을 때, 333마리의 공룡들을 중앙 집중 형태로 진격시킨 거지."

바하무트의 마법을 디스펠하기 위해서. 메탈 드래곤들의 브레스를 무력화할 수 있다는 것을 뽐내기 위해서.

전장에 찾아온 한순간의 충격과 패닉을 파우스트는 놓치지 않았다.

모든 병력을 일거에 퇴각시키며, 그는 '여지'를 남겼다.

"왜 그랬을까? 그대로 밀고 나왔으면 이쪽이 어려웠을 텐데?"

"그게 이해가 안 돼."

"나는 그걸 노린 거라 생각해. 어쨌든 제대로 싸웠다고 말할 수조차 없이 짧은 시간만 보여 주고 뺀 거니까. 그 전력이 실제로 얼마나 강한지 파악할 틈도 없었지."

파우스트는 시간을 끌고 싶어 했다. 그리고 시간을 끌기 위해 가장 중요한 요소는 바로 적을 혼란스럽게 만드는 것이다.

이길 수 있는가? 상대할 수 있는가? 그것들의 정체는 무엇이었나?

생각이 많아질수록 발은 느려진다. 그 점을 파우스트는 명확하게 파악하고 있었다.

"빌어먹을……."

마왕군이 퇴각하며 명목상의 승리를 얻은 〈신성 연합〉이었으나 그것은 실질적인 패배였다.

어수선한 분위기 속에서 이하는 잠시 생각했다.

"화연아, 난 먼저 가 볼게. 정리 좀 부탁해."

"어딜─."

"〈텔레포트: 삼총사〉."

그가 이동한 것은 루거와 키드가 모여 있는 장소였다.

루거는 최초 포격을 시작했던 그 자리에서 움직이지 않고 있었다. 전장을 휘저었던 키드도 그 자리로 돌아온 상태였다.

"공룡들이랑 싸워 봤지? 어때?"

연보랏빛과 함께 등장한 이하는 앞뒤 다 자르고 그들의 감상부터 물었다.

다른 유저들의 공격은 먹히지 않았을 수도 있다. 마나가 활용된 스킬들은 대부분 디스펠당했을 수도 있다.

그러나 이 둘은 다르다.

[신화급] 무기는 그들에게 어떻게 적용되었는가.

루거는 어깨를 으쓱이고 말았다. 이하는 손에 땀이 나는 기분을 느꼈다.

"말도 안 돼. 안 먹혔다고? 〈코발트블루 파이톤〉 신화급 아냐? 근데 어떻게—."

"뭐? 무슨 미친 개소리지? 내가 언제 안 먹혔다고 했나."

"어, 어?"

당황한 이하가 덤비듯 묻자 루거는 웃으며 답했다. 그의 시선은 자연스레 키드에게로 향했다.

팔짱을 끼고 있는 키드 또한 피식 웃었다.

"죽이지 못할 정도는 아니었습니다. 루비니에게 듣지 못한 겁니까."

이하는 루비니의 이야기를 잠시 떠올렸다.

루비니는 분명 333마리의 괴수가 지도에 표현되었다고 했다. 그리고 그들이 후퇴할 때는…….

"330마리……."

세 마리가 줄었다고 했다.

이하의 읊조림을 들으며 루거는 크게 고개를 끄덕였다.

"내가 둘, 키드가 하나."

자신의 옆에 기대어 놓은 코발트블루 파이톤을 탕, 탕 치며 그는 자신 있게 말했다. 그러자 키드가 고개를 갸웃거렸다.

"내가 둘, 알렉산더가 하나입니다."

루거는 목뼈가 부러질 것 같은 속도로 키드를 돌아보았다.

"뭐, 뭐래? 미친 건가? 내 포격이 뿔 달린 녀석의 허벅지를 폭발시키는 걸 못 봤다고? 하물며 웬 알렉산더?"

"놈의 양쪽 눈알 속으로 이미 〈크림슨 게코즈〉의 탄환 33발이 박힌 상태였습니다. 그리고 아마 당신이 주장할 첫 번째 이족 보행 공룡은 피격 전 알렉산더의 창에 꿰뚫린 상태였습니다."

"웃기는― 그건 내가 잡은 거야! 이 자식이, 내가 원거리에서 포격했다고 보지도 못한 줄 아네? 어디서 사기를 쳐!"

루거가 방방 뛰며 목청을 높였으나 키드는 더 이상 루거를 바라보지도 않았다. 그는 이하를 보며 입을 열었다.

"당신도 할 수 있습니다. 쉽다곤 말할 수 없지만 상대하지 못할 것도 아니었습니다. 시간이 조금 더 있었다면 더 죽일 수 있었을 겁니다."

이하는 키드가 미처 하지 못한 말도 충분히 이해할 수 있었다.

거대한 몬스터들이 몰려 있었기에 싸우기에 용의치 않았을 것이며, 파우스트는 그나마 싸울 시간조차 주지 않고 놈들을 몰려 버렸다.

만약 적당한 숫자와 충분한 시간을 들인다면, 못 죽일 것도 아니다.

스킬을 사용하는 마법사 직업군이나, 단순 일반 물리 공격에 의지하는 전사 직업군에게는 악몽과도 같은 몬스터겠지만 이들에겐 다르다.

[신화급] 무기는 먹힌다.

키드의 분석과 루거의 본능이 감지해 낸 적이다.

그들의 말을 들으며 이하는 왜인지 모를 안도감이 들었다.

"휘우우……. 그래, 그래야. 이제 와서 우리 무기가 안 통하는 몬스터가 나오면 그건— 그냥 게임 접으라는 거지. 아니, 근데 알렉산더는 어떻게 잡았대? 그 인간도 신화급 창인가?"

"못 잡았다니까! 내가 잡은 거라고!"

"베일리푸스와 '용인' 형태로 된 것도 아니었습니다. 그리고 무기 자체는 우리가 항상 보아 왔던 그것입니다. 그게 우리 것과 같은 '에고 웨폰'은 아닐 테니 신화급 무기로 볼 수는 없습니다."

키드는 확신에 차서 말했다.

비교적 근접전으로 전투를 치렀을 그의 의견이었으므로 이하도 그의 말에는 특별히 반박할 게 없었다.

신화급 무기가 아니면서 신화급의 힘을 내기 위해 무엇이 필요할까. 이하도 금방 생각할 수 있었다.

"전설급 무기에, 전설급 스킬을 더했다……고 보는 게 맞겠군."

"그럴 겁니다."

블랙 베스가 신화급이 되기 전에도 〈하얀 죽음〉은 엄청난 위력을 보이지 않았던가.

알렉산더에게 그 정도 수준의 스킬이 없을 리는 없다.

'모르긴 몰라도 〈하얀 죽음〉보다 더 강한 게 있을 가능성도 있지.'

랭킹 1위는 폼이 아니니까.

"아니! 내가 잡았다니까! 자꾸 알렉산더 자식이 죽이긴 뭘 죽였다고—."

이하와 키드가 의견을 나눌 때에도 루거는 목에 핏대를 올렸다. 그럴 때에도 루거를 무시하던 이하와 키드는 동시에 웃음을 터뜨렸다.

"이, 이 자식들이 장난하나!"

삼총사 중 덩치도 가장 크고 체격도 가장 좋았으나 역시나 '말발'로는 두 사람에게 당해 낼 수 없는 루거였다.

겨우 밝아진 분위기 속에서, 이하는 그들에게 물었다.

"못 찾았지?"

"알면서 뭐 하러 묻습니까."

분위기는 순식간에 진중해졌다. 방방 뛰던 루거도 곧장 평정심을 되찾을 정도였다.

주어가 들어가 있지 않아도 이하와 키드가 무슨 대화를 하는지 이미 알고 있기 때문이었다.

"훼, 모습을 드러내면 혹시나 나타날까 싶었는데 아니더군."

"그래서 오히려 다행이라고 봐야 하지 않습니까."

"……제기랄. 그렇기도 하지. 만약—."

루거와 키드가 2세대 마왕군이 등장한 이후 개입했던 이유가 무엇인가.

1세대 마왕군 정도를 상대하기엔 〈신성 연합〉의 전력이 막강했기 때문이 아니다.

그들은 기다리고 있었다.

"—그 사람들이 나왔으면 한 발 먹일 수 있었을 텐데."

"낄낄, 곧 죽어도 센 척하기는. 〈아흐트—아흐트〉 상태의 루거 당신이라면, 엘리자베스나 브라운 중 누가 됐든 바로 맞췄을걸. 그렇게 큰 파란 막대기는 진짜 한 5km 밖에서도 뻔히 보일 텐데."

전 세대의 삼총사를.

이하의 말을 들으며 루거는 특별히 반박하지 않았다.

그 사실은 여기 있는 세 명 모두가 너무나 잘 알고 있지 않은가.

"파우스트가 그 카드를 꺼내지 않는 이유를 모르겠습니다."

"그러게. 나도 전투 시작된다기에 나올지 모른다고 생각했는데……."

브로우리스와 브라운 그리고 엘리자베스는 어디서 무얼 하고 있는가.

피로트-코크리가 회수해 간 이상 그 카드를 사용하지 않을 리 없건만, 어째서 이번 전투에는 투입하지 않았을까?

이하는 어쩐지 다행이라는 생각이 들면서도 불안함을 지울 수 없었다.

'파우스트는 만만한 놈이 아니야. 그 자신의 힘은 약할지 몰라도…… 꾀를 부리는 건 치요 못지않아. 하물며 푸른 수염이나 피로트-코크리에게 들은 게 있다면—.'

가만히 있을 리는 없다.

다만 그것을 언제, 어떻게 활용할 것인지 아직까지 이하는 감을 잡을 수 없었다.

"파우스트 님, 준비됐습니다."

"자, 그럼 두 번째 작전으로 들어가 보자고. 시간이 조금 걸리겠지만, 배운 건 써먹어 봐야지. 흐히히히!"

그리고 파우스트는 실제로 똑똑한 유저였다. 시티 페클로에서 리자디아의 웃음소리가 퍼졌다.

"성주! 화약을 그렇게 함부로 다루면—."

"괜찮아요, 화약에는 이미 한 번 당해 봐서 함부로 다루면 안 된다는 걸 알고 있으니까."

"그런 말을 하는 사람이 그렇게 만지작거리나? 폭발했다간 다치는 정도로 끝나지 않을 거야!"

"그렇겠죠. 하반신이 불구가 되거나 하겠죠."

비어드 브라더스는 차마 눈뜨고 못 보겠다는 듯 이하를 말렸으나 이하는 어깨만 으쓱하며 답했다.

심지어 꿈에서조차 기억하기 싫은 사건을 농담처럼 사용하며 웃을 정도였다.

"어차피 젤라퐁이 막아 줄 텐데요. 그치?"

[묘, 퐁?]

비어드 브라더스가 불안해할 정도로 이하가 서두르는 이유는 따로 있었다.

루거, 키드와 헤어진 이후 이하는 곧장 보틀넥의 대장간으로 와 준비 중이었는데, 그것은 자신이 신대륙 중부에서 더 이상 할 일이 없다는 걸 알고 있었기 때문이다.

'화연이 말대로야. 제대로 한 방 얻어맞은 상황이라 〈신성 연합〉도 입장이 곤란하게 되어 버린 거지.'

원래의 계획대로였다면 약 열흘 후 진격해야 했다.

신대륙 동부로, 마왕의 조각들이 마의 파편을 깨우기 전에, 그들을 섬멸하기 위하여.

그러나 지금의 상황은?

바하무트와 메탈 드래곤들의 참전으로 손쉽게 해결할 거라 예상했던 유저들은 하나둘 자리를 떠나기 시작했다.

다행이라면 아직 그들의 수가 많지 않다는 것과 상황이 어떻게 흘러갈지 예측했던 람화연, 라르크 등이 발 빠르게 움직이며 사태를 수습하고 있다는 점이었다.

'에윈 총사령관도 가망 없는 전투를 하고 싶어 하진 않을 거다. '초원의 여우'라고 불릴 정도의 지략이 있는 자가— 굳이 적의 안방이나 다름없는 신대륙 동부로 진격할 이유는 없어.'

바하무트와 드래곤이 추가되어도 이길 수 없는 적이 있다고 생각한다면, 신대륙 동부로의 진격은 호랑이 아가리로 들어가는 격이 되어 버릴 테니까.

바로 그런 점에서 이하는 짜증을 참을 수가 없었다.

신대륙 동부로 가지 않으면?

지금처럼 신대륙 중앙을 지키고 방어선을 깔아 놓는다고 해결이 될까?

'마왕이 깨어나. 마의 파편이 완전한 모습으로 태어나게 된다면—.'

그건 더 큰일이지 않나?

에즈웬의 교황은 과연 어떤 결정을 내릴 수 있을까. 교황과 에윈의 AI는 각기 어떤 흐름으로 결론을 내게 될까.

그들의 판단에 영향을 주기 위하여 유저들은 어떤 행동을 해야 하는가.

파우스트가 보여 준 2세대 마왕군과 칼라미티 레기온, 두 개의 카드만으로 〈신성 연합〉 전체의 일정과 행동이 마비되었다고 보는 게 바로 이러한 이유들 때문이었다.

그런 상황에서 자신이 할 수 있는 것은?

"아저씨! 아직도 안 됐어요?"

"3시간만 달라고 했더니 1시간도 안 되어 돌아와 놓고 재촉 좀 하지 말어! 성주 자네도 지금 그 만지작거리는 거 아직 못 끝냈잖아!"

"빨리, 빨리! 나 거의 다 해 간단 말이에요. 얼른 총검까지 완성되어야 확실하게 되니까, 서둘러 주세요."

눈앞에 있는 퀘스트부터 하나씩 해결해 가는 것. 우선 프라크라벤을 구출해 내는 것부터 끝내야만 한다.

그로부터 약 2시간 후, 이하에게 블레스드 메테오라이트의 총검이 손에 쥐어질 무렵, 이하가 할 수 있었던 거의 모든 생각과 경우의 수는 람화연을 비롯한 몇몇 두뇌 회전이 빠른 유저들에게서 계산이 끝난 상태였다.

람화연과 라르크, 신나라 그리고 혜인과 비예미 등은 신대륙 서부의 요새에서 마침내 새로운 타개책을 찾아냈다는 의미였다.

"그럼 다들 동의하신 거죠?"

"위치를 찾는 것 자체는 문제가 없겠지만……. 교황이나 에윈 총사령관의 명령서라도 하나 가져가는 게 좋지 않을까 싶네요."

람화연의 적극적인 물음에 혜인이 머리를 긁적였다.

분명 현시점에서 할 수 있는 몇 안 되는 방법이기는 하다. 그러나 과연 실행될 수 있는 계획일까.

혜인의 말에도 일리는 있었으나 람화연은 단호하게 고개를 저었다.

"늦어요. 그리고 그렇게 말했다가는— 분명 교황과 에윈 총사령관 간의 의견 다툼이 벌어질지도 몰라요. 우리는 어떻게든 신대륙 동부로 〈신성 연합〉의 군세를 끌고 가야 합니다. 조금이라도 자신감 없는 모습을 보였다간 애초에 NPC들의 판단을 유도해 낼 수 없을 거예요."

이번 작전은 〈신성 연합〉의 이름으로 이루어지는 게 아니다.

교황의 승인을 받고 에윈의 지시를 받아 움직이면 늦는다.

람화연은 파우스트의 공격이 가져오는 효과를 아주 잘 알고 있었고, 그것을 재빠르게 받아치기 위해서라도 우선 '이번 일'을 진행시켜야 한다고 생각했다.

혜인은 더 이상 람화연의 말에 반대하지 않았다.

이번에 이야기를 꺼낸 것은 그의 곁에 선 리자디아였다.

"킷킷, 그걸 누가 모르나. 그놈이 곧이곧대로 따르지 않을 거라는 게 문제지. 웬만한 거래 조건 가지고는 움직이지도 않을 텐데."

"그건……."

람화연조차 확답할 수 없는 일이었다. 이번 일을 받아들이고 결정하는 건 오직 한 사람의 몫이지 않은가.

NPC가 아닌 이상 특별한 설득도 먹히지 않을 것이며, 무엇보다 유저 자체의 성향과 성격이 특이하기로 정평이 나 있다.

개인의 변덕에 미들 어스의 미래를 건 도박을 맡길 수 있을까.

가만히 있던 라르크는 슬그머니 의자에 몸을 파묻었다. 모두의 시선이 자신에게 몰리고 나서야 그는 입을 열었다.

"뭐, 잘난 척하고 싶은 건 아니지만 어쨌든 제가 있으니 될 겁니다. 나 미니스 사람인 거 알죠?"

"떡고물 없이 안 움직이는 녀석이라는 걸 잘 알고 있으면서 그런 말을 한다……. 킷킷, 그거야말로 제일 재수 없는 잘난 척인 거 알죠?"

"흐흐, 눈치가 제법 빠릅니다? 근데 실제로 잘났으니 어쩔 수 없지."

라르크는 장난스런 미소로 비예미를 보았다.

누군가를 비꼬기 좋아하는 비예미조차 라르크는 제대로 파악할 수 없었다.

이렇게 중요한 상황을 두고 장난을 치고자 하는 건가, 진심으로 이야기하는 것인가.

모두가 고개를 절레절레 저을 때에도 라르크의 편을 들어주는 건 역시 한 사람뿐이었다.

"라르크 씨가 아니어도, 그 사람이 바보가 아니잖아요? 마왕이 깨어나게 되면 미들 어스가 망해 버릴지도 모른다는 걸 잘 알고 있을 테니까. 분명 협조할 거예요."

"고러취, 고러취. 역시 우리 나라 씨가 잘 아시네. 뭐, 기왕이면 하이하 씨가 맡아서 일을 처리해 줬으면 좋겠지만……. 둘이 붙으면 괜히 불안하니까 내가 직접 나서서 다녀오지요."

라르크는 자리에서 일어섰다. 신나라도 자연스레 자리에서 일어났다.

람화연은 일어선 두 사람을 바라보았다.

"실수도, 실패도 하면 안 돼요."

"어헛, 람화연 씨도 참. 제가 그럴 사람입니까? 당근! 없으면 채찍!"

라르크는 람화연을 향해 한쪽 주먹을 불끈 쥐어 보이고는 그대로 등을 돌려 나갔다.

혜인이 잠시 허둥거리며 그의 뒤를 쫓았다.

"라르크 씨, 고 사람이 있는 위치는—."

"이미 파악해 뒀습니다. 아까 이 얘기가 처음 나왔을 때부터."

"네?"

"우리 쪽 정보 담당도 느리지는 않거든요. 그럼 〈미드나잇 서커스〉 다녀오겠습니다!"

라르크는 뒤도 돌아보지 않고 손을 흔들며 수정구를 꺼내어 들었다.

체카를 통해 〈미드나잇 서커스〉의 위치는 이미 파악해 두었으므로 그곳을 찾아가는 데 별다른 문제는 없었다.

라르크와 신나라가 그곳으로 향하는 이유이자, 람화연을 비롯한 유저들이 도출해 낸 가장 가능성이 높은 방법.


"부히히힛……. 이거야말로 서프라이즈가 아닌가. 요즘은 정말 개나 소나 우리 텐트를 찾아내는군."

"그래도 같은 미니스 식구끼리. 그리고 난 베르튜르 기사단 소속인데 개나 소나라고 말씀하시면 섭하죠, 삐뜨르 씨."

"헛소리는 집어 치워. 무슨 일로 왔지?"

잔뜩 경계한 삐뜨르를 향해 라르크는 가볍게 어깨를 으쓱이며 말했고, 삐뜨르는 배꼽을 잡고 웃었다.

"뭐 하러 왔겠습니까. 가서 파우스트 좀 죽여 줘요."

그것은 바로 파우스트 죽이기였다.

"부히히힛! 진짜 서프라이즈로군! 〈신성 연합〉의 이야기를 조금 전에 들었는데 이렇게 빨리 나한테 와서는— 부히히힛!"

"나름대로 진지하게 생각해 낸 작전인데 너무 비웃지 맙시다. 이거 생각해 낸 람화연 씨가 불쌍하잖아요."

"라르크 씨가 낸 아이디어였잖아요?! 적의 머리를 따 버리자고 했던 건—"

"뭐, 그런 게 뭐가 중요하겠습니까. 하여튼 우리는 로페 대륙 최고의 암살 단체의 수장에게 직접 의뢰를 하고 싶은데요."

라르크는 능청스럽게 람화연의 걱정을 하는 척했다.

신나라가 옆구리를 쿡 찌르고서야 모르는 척 한 발자국 앞으로 나섰다.

삐뜨르는 웃음을 뚝 그쳤다.

갑작스레 고요해진 분위기에 신나라는 스산한 기운마저 느꼈다.

"진심인가? 내가 그걸 받아들일 것 같아서 온 거야?"

"진심이지, 그럼. 내가 당신이랑 농담하러 여기까지 왔을까 봐?"

"부히히힛…… 바하무트의 스킬마저 디스펠당하는, 괴물이 우글거리는 한가운데로 들어가라고."

"그 괴물들이랑 싸우지 않기 위해 암살이라는 게 있는 거 아냐? 당신, 〈미드나잇 서커스〉 단장 맞아?"

전면전을 벌이는 게 아니다.

정문으로 걸어 들어가는 게 아니다.

암살의 의의가 무엇인가. 라르크의 말을 들으며 미야우의 눈이 가늘어졌다.

"보수는?"

람화연이 우려했던 부분 중 하나도 이것이었다. 삐뜨르를 어떻게 설득할 것인가.

람화연 자신이 직접 나섰다간 엄청난 돈을 요구할 것이다.

그녀가 직접 오고 싶었음에도 올 수 없었던 이유였기도 했다.

미들 어스를 지킨다는 뜻과 의도는 좋지만, 그렇다고 '기업가'의 입장에서 무조건적인 투자를 할 수도 없는 노릇이지 않은가.

그 점은 라르크도 알고 있었다. 한두 푼의 돈으로 될 게 아니다. 아이템으로도 될 게 아니다.

"안타깝게도 〈신성 연합〉의 이름으로 온 건 아니라……. 딱히 드릴 건 없는데, 어쩌지?"

그래서 그는 아무것도 주지 않으려 했다.


─미쳤어요? 왜 자꾸 도발을 하는 거예요?

─나라 씨는 가만히 계세요. 제가 알아서 할 테니까.


신나라가 다급하게 귓속말까지 해 보았으나 라르크는 그녀를 바라보지도 않았다.

삐뜨르는 이제 웃지도 않고 있었다.

웃기 좋아하는 광대의 입에는 아무런 미소도 없었다.

"부히히……. 내가 장난을 좋아한다지만 라르크 당신과는 영 안 맞는단 말이지."

"그거야 뭐, 하루 이틀 일도 아니고. 베르튜르 기사단과 암살 단체의 수장이 어떻게 성격이 맞겠습니까."

삐뜨르의 미간에 주름이 잡혔다.

라르크의 말투는 확실히 사람을 열 받게 하는 무언가가 있었다.

과거의 삐뜨르였다면 벌써 라르크의 목을 베어 냈을 것이다. 그가 움직이지 않는 이유는 비단 곁에 신나라가 있기 때문만은 아니었다.

라르크가 은근히 삐뜨르의 성질을 돋우면서 했던 그 말이 바로 힌트였다.

"베르튜르 기사단이 언제까지 보호해 줄 수 있을 거라 생각하지. 목격자가 없다면 당신의 목을 따서 우리 천막에 걸어 두어도 현상 수배는 걸리지 않을 텐데. 부히히힛, 데임 신이 언제까지 네 곁에 있어 줄 거라 믿는 건 아닐 테고."

미니스의 치안 유지 단체와 미니스의 암살 단체.

극과 극의 성질이라고 봐도 좋은 두 단체 소속의 유저는 애초부터 좋은 감정을 지니고 있을 리도 없었다.

"삐뜨르 씨."

그러나 바로 그것이, 라르크의 믿는 구석이었다.

라르크의 얼굴에도 더 이상 장난기는 어려 있지 않았다.

"〈미드나잇 서커스〉에 대한 영구적인 토벌을 해 버릴 수도 있습니다. 향후 미니스 왕국의 국가적 활동에 대한 필요성이 없다고 주장하며……. 지금처럼 눈 가리고 아웅 하는 식의 검거가 아니라, 아예 뿌리를 뽑아 버릴 수도 있다는 뜻입니다."

"무슨—."

"당신들의 서커스 천막을 찾아내기까지 몇 분이나 걸렸다고 생각하는 겁니까. 그리고 내가 누구라고 생각하는 겁니까. 언제든지, 얼마든지 할 수 있는 일이에요. 당신이 귀족 NPC들 다수와 친하다지만 나는 누구와 친한 것 같습니까?"

애초부터 '당근' 따위는 생각조차 하지 않고 있었다.

라르크가 휘두를 수 있는 건 오직 '채찍'뿐이었다.

"국왕의 이름으로 공식 토벌령을 내리기 전에, 이번 의뢰를 받아들여 주시죠. 앞으로 열흘 내에 파우스트를 죽인다면 〈베르튀르 기사단〉은 당분간 〈미드나잇 서커스〉가 하는 일에 관여하지 않도록 만들어 주겠습니다."

다만 채찍질한 부위에 연고 정도는 발라 줄 수 있으리라.

이제 〈미드나잇 서커스〉의 '단장직'을 맡게 된 삐뜨르로서는 중대한 선택의 기로에 서게 된 셈이었다.

삐뜨르는 자신의 눈앞에 뜬 홀로그램 창을 보았다.

"부히히히힛! 그렇군, 그래, 그래! 이게 바로 단장의 책임이라 이건가!?"

단장이 NPC였다면 먹히지 않았을, 그러나 유저이기 때문에 반드시 겪어야 하는 것.

성공 보수는 터무니없이 작고, 실패 페널티는 무지막지한 퀘스트 창을 보며 그는 다시 웃었다.

그리고 수락 버튼을 눌러야만 했다.

이하의 제안을 들은 NPC들이 잠시 웅성거렸다.

현재 국왕의 알현실에 모인 NPC는 모두 아홉.

원해遠海에 파견되어 임무를 수행 중인 특수 함대들을 제외한다면, 크라벤 근해를 지키는 모든 함대의 제독들이 모여 있는 상태였다.

"어찌 한 척만을 운용하자는 말을 하는가!"

"그 한 척에 누가 승선할지 모르고 하는 말은 아니겠지?"

반발은 생각보다 컸다.

이하는 그 모든 반발을 다 들은 뒤에야 천천히 입을 열었다.

"알고 있습니다. 국왕 전하께서 타시겠죠."

이하는 고개를 끄덕이며 답했다.

크라벤의 전체 잠항 선박 수는 알 수 없다. 어차피 알 필요도 없었다.

이하가 제안한 안건은 '단 한 척'의 잠항 선박과 자신. 오직 둘이서 남방 해역의 프라 크라벤을 구출하러 가자는 것이었다.

크라벤의 NPC들의 말처럼 그 한 척에는 당연히 펠리페 2세가 탑승할 것이다.

"우리가 그것을 받아들이리라 생각하시는가."

격노한 NPC를 보며 이하는 담담히 대구했다.

"방법을 여러 가지로 생각해 봤습니다만, 수장룡이 몇이나 될지 알 수 없는 상황에선 결정할 수 있는 수는 많지 않습니다. 현장에서의 임기응변이 아주 중요해질 테니, 가볍게 움직일수록 유리하게 되겠죠. 제가 그 많은 것들과 싸우며 잠항 선박 전부를 지킬 수는 없으니까요. 즉, 방법은 최대한 적은 수로, 최대한 빠르게 가는 것뿐입니다."

이하는 정찰 항행에서 배운 것을 토대로 생각했었다.

수장룡이 7마리가량 나왔을 때에도 그것들의 '어그로'를 한 몸에 받기 위해 얼마나 노력했던가.

그러나 잠항 선박 세 척이 뿜어 대는 '라이트'와 인공적인 수류를 눈치챈 수장룡들은 계속해서 그곳으로 가려 했었다.

만약 이하가 조금만 더 늦게 처치했거나, 애초에 잠항 선박에서 멀리 떨어져 싸우지 못했다면 분명 잠항 선박들은 위험했을 것이다.

펠리페 2세가 사망해 버리는 최악의 상황이 고작 정찰 항행에서 일어날 뻔했던 것이다.

그런 이하의 제안은 분명 타당한 것이었지만, 제독 NPC들의 의견도 틀린 것은 분명히 아니었다.

"분명 본국의 잠항 선박에는 특별한 공격 기능이 장착되어 있지 않은 것이 맞다. 그러나 하이하 공, 당신이 말한 것처럼 한 척만을 운용하는 것은 미지의 해역을 탐험할 때 가장 위험한 행위! 혹 불의의 사고가 났을 시 보조 선박의 용도로는 물론, 위급 시에 '다른 한 척'을 '미끼' 용도로 사용하는 것은 항행에 있어서 아주 일반적인 방침이오!"

이하는 작은 한숨을 내쉬었다.

지금 바로 그 일반적인 항행을 할 수 없는 상황이므로 새로운 방법을 제안한 것이 아닌가.

'내가 그런 생각도 안 해 봤는지 아나…….'

NPC들이 어떤 알고리즘으로 사고하는지 모르는 것은 아니었으나, 답답한 마음은 어쩔 수 없었다.

한 척은 절대 안 되고 미끼용 선박을 사용해서 진행하자고?

그것을 위한 가장 합리적이고 효율적인 방법은 따로 있다.

"그럼 크라벤의 모든 잠항 선박을 꺼내어 주시죠. 저와 국왕 전하가 한 방향으로 향하고, 나머지 모든 잠항 선박이 남방 해역 곳곳으로 퍼져서 미끼 역할을 해 주신다면 프라 크라벤을 구하기 훨씬 쉬울 것 같은데……. 어떻게 생각하십니까?"

크라벤의 제독들로서는 결코 받아들일 수 없는 말을 꺼내어 들 수밖에…….

"이자가 감히! 역시 크라벤의 해군력을 약화시키러 온 퓌비엘의 첩자라고밖에 의심할 수 없는 발언을—."

"그만."

제독들이 길길이 날뛰기 시작하기 무섭게 펠리페 2세는 그들의 입을 다물게 만들었다.

그는 잠시 제독들을 둘러보다 이하에게 시선을 고정시켰다.

"확실히 모든 잠항 선박을 꺼내어 부채꼴로 펼치는 방식은 미끼로 사용하기 좋겠지."

"네. 프라 크라벤이 어떤 상황인지는 모르나— 그를 구출하면 모든 게 해결될 터이니, 그 정도 시간을 끌어 주는 방식을 사용하는 것도 나쁜 게 아닙니다. 저는 크라벤 전체를 보고 말씀드리는 거니까요. 가장 확실한 전략이라면 바로 이것입니다. 그러나……."

"그렇게 하는 게 오히려 크라벤의 전력을 약화시키게 되는 꼴. 잠항 선박을 온전히 보존하고 싶다면 한 척으로, 내 목숨을 걸고 모험을 하라 이건가."

"전하께서 타지 않으셔도 되지 않습니까."

이것이 바로 이하가 한 척으로 움직이자는 제안을 한 의도였다.

퀘스트의 실패 조건을 하나씩 지워 나가는 것!

다른 모든 잠항 선박을 크라벤에 아껴 놓고, 펠리페 2세를 육지에 둔다면?

실패 조건은 고작 기한 초과와 이하 자신의 사망밖에 없지 않은가!

"하이하 공, 아직 모르는 게 있군."

"네?"

펠리페 2세는 이하의 의도대로 움직이지 않았다.

"크라벤의 남자는 바다에서 도망치지 않는다네."

"아버님! 그 말씀은—."

"내 사후는 이미 정리되어 있다. 내 목숨을 바다의 아버지에게 주어서라도 프라 크라벤을 구할 터이니 너희는 걱정하지 말거라."

펠리페 2세는 자신의 아들이자 제독의 말조차 일축했다. 그 한마디에 더 이상 제독들은 토를 달지 못했다.

'완벽한 카리스마……. 과연 드레이크가 반할 만한 사람이네.'

펠리페 2세는 왕좌에서 일어나며 말했다.

"크라벤 왕국은 크라벤의 핏줄이 지킨다. 지금 출항한다."

잠항 선박 단 한 척과 하이하. 신화급 생명체로 추정되는 프라 크라벤을 구출하러 가기 위한 단출한 그룹이 결성되었다.

Geschoss 4.

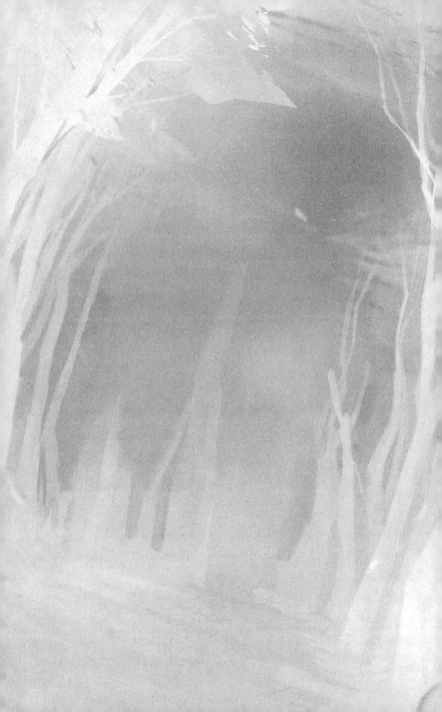

　—정말 제가 없어도 되는 겁니까, 하이하 님.

　—그렇다니까요. 젤라퐁이랑 저만 있으면 되니까 걱정 말아요.

　—그래도…… 진짜, 진짜, 제가 없어도 되는 건지.

　블라우그룬이 두어 번 더 강조하는 이유를 알고 있었기에 이하는 피식거리며 웃었다. 그의 입에서 기포가 새어 나갔다.

　—프라 크라벤인가 구출하고 나면 어떻게 만날 자리 한번 마련해 볼 테니까……. 너무 아쉬워하지 말고 우선 화연이랑 같이 일 좀 해 주세요. 미니 토온 수색은 어때요?

　—용의주도한 녀석들입니다. 노력하고 있습니다만…….

이번에도 블라우그룬과 함께 오지 못한 이유는 역시나 신대륙 동부에 대한 대비 때문이었다.

신대륙 동부로 흩어진 30m급 공룡 몬스터들과 2세대 마왕군은 어디로 향했는가.

하우스하우스를 최대한 가동시켜 가며 찾아보았으나 파우스트는 쉽사리 걸리지 않았다.

30m급의 공룡 등, 경계가 될 만한 몬스터들에게 〈할루시네이션〉 스킬을 사용, 복사하는 모습을 '일부러' 보여 주며 마왕군 유저들이 후퇴한 탓에, 어떤 것이 진짜인지 알지 못하게 되어 버린 것이었다.

진짜와 가짜가 섞인 병력들은 잘게 쪼개어져 대수림으로 들어갔고, 현재까지 그들의 동선은 추적하지 못하고 있었다.

—쯧, 하여튼 파우스트 놈, 모가지라도 콱 따 버려야— 아참, 뻬뜨르한테 일 맡기러 간다면서. 그건 어떻게 됐어요?

람화연에게 듣고 이하도 이마를 칠 정도의 묘안, 적의 사령관을 암살하는 것만큼 전쟁에서 큰 효과를 거두는 일은 없다.

하물며 마왕군 유저들 간 권력 구도가 어떻게 되어 있을지를 예상해 본다면, 파우스트 한 명을 죽이는 것은 이번 전쟁에서 50% 이상의 중요도를 차지하게 될지도 모른다.

'문제는 뻬뜨르가 받아 주냐는 건데—.'

─하이하 님의 반려가 하는 말로는, 수락했다고 합니다.

─우왁!? 진짜요? 삐뜨르 그 자식을 어떻게 구워삶았지? 나도 겨우 해낸 건데.

그것은 놀랄 만한 성과였다.

자신도 과거 삐뜨르를 설득하는 일에 얼마나 공을 들였던가.

그나마도 삐뜨르는 이하에게 빚이 있다고 느꼈기 때문에 이하의 부탁을 들어주었을 뿐이다.

일반적인 돈이나 협박 따위로는 결코 먹히지 않을 유저라 는 건 이하도 그 누구보다 잘 알고 있었다.

─티아마트 살해자도 보통의 인간은 아닌 것 같습니다.

─그러니까요. 라르크 놈 진짜 웃긴다니까.

이번에는 무슨 수로 삐뜨르를 구워삶았을까?

때로는 가장 단순한 방법이 가장 효과적이라는 걸 아직 알 지 못하는 이하였기에, 그들이 어떤 식으로 퀘스틀르 주고받 았는지는 이해하지 못했다.

[뭉! 뭉!]

"오케이, 나도 보고 있어. 전투 준비하자고."

[묘오오오……!]

—블라우그룬 씨, 나 이제 싸워야 되니까 화연이 좀 잘 챙겨 줘요.

—걱정 마십시오. 그리고 부디 몸조심하시길.

—정 위험하면 〈파트너: 소환〉 쓰면 되죠, 뭐. 그럼 끊습니다!


이하는 블라우그룬의 웃음소리를 들으며 귓속말을 종료했다. 블라우그룬을 안심시키기 위해 한 말일 뿐이었다.

'파트너 소환까지 쓸 필요도 없지. 이번엔 다르다.'

실제로 블라우그룬을 부르는 건 언제든 가능하다. 이곳은 공간 잠금이 되어 있지 않은 바다니까.

하지만 그럴 필요도 없다.

—큭큭⋯⋯. 나의 몸에 이 더러운 쇳덩이를 붙이고 싸우자는 건가, 각인자여.—

"더러운 쇳덩이라니! 말조심해, 블랙. 전설급 대장장이가 세 시간을 넘게 공들여 만든 최첨단 총검이라고."

지속 시간이 얼마 되지 않는 스킬이 아니다.

하물며 이 총검의 능력에 대해선 이미 보틀넥 대장간에서 모든 실험을 마쳤다.

—내가 인지할 수 없는 이 검을 이야기하는 게 아니다. 내가 말하고자 하는 것은.—

"시끄러! 젤라퐁! 놈들이 만들어 내는 소용돌이 조심하고!

최대한 빠르게 움직여서— 아까 말한 패턴은 기억하지?!"

[몽, 묘몽!]

"불 끄고, 불 켜고!"

이하는 뒤를 돌아 잠항 선박을 멈추게 만든 후, 젤라퐁에게 명령했다.

잠항 선박의 라이트는 꺼졌다. 그리고 젤라퐁의 몸에서 빛이 뿜어지기 시작했다.

"가라!"

수십 개의 촉수를 뽑아낸 젤라퐁은 온몸에서 빛을 발하며 돌진하기 시작했다.

심해에 사는 수장룡들이 반응하는 것은 빛과 물살을 헤치는 동력이었다. 그 두 가지를 한쪽에 몰아 버린다면?

'분명히 먹힌다.'

이하는 자연스레 해류에 몸을 맡기곤 천천히 나아갔다.

머리부터 꼬리까지의 몸길이가 100m를 훌쩍 넘어 버리는 수장룡은 약 4마리.

지난번보다 조금 빠른 시점에 등장했기에, 아직까지 수는 얼마 되지 않았다.

'한 마리 겨우 잡은 내가 할 말은 아니지만……. 놈들의 공통 약점이 한 군데로 집약된다면—.'

더 이상은 두려워할 게 없다.

이하의 눈에는 잘 보이고 있었다.

어두컴컴한 바다에서 재빠르게 나아간 젤라퐁은, 수장룡들의 근처에 도착한 이후 활기찬 회피 기동을 선보이는 중이었다.

'그렇지. 조금 더⋯⋯.'

몸통에 붙은 거대한 지느러미가 한 번씩 흔들릴 때마다 해류가 뒤바뀌거나 흔들릴 정도로 강대한 에너지가 뿜어져 나왔으나 젤라퐁도 같은 스킬에 두 번이나 당할 리는 없었다.

무엇보다 이하가 젤라퐁에게 지시한 것은, 죽지 않는 특성을 활용한 전투가 아니었기 때문이다.

[묘오오오오오—!]

젤라퐁은 수장룡 두 마리의 어그로를 완벽하게 받은 후, 그대로 수면을 향해 상승하기 시작했다.

우우우우우⋯⋯!

이곳은 수심 70m의 바다, 수장룡 두 마리는 젤라퐁을 잡기 위해 고개를 치켜들었다.

단순히 고개만 들어선 안 된다.

기다란 목과 이어진 거대한 몸통, 수장룡이 수면을 향해 고개를 들면 그들의 '복부'는⋯⋯.

"보인다아아!"

이하는 빠르게 허리를 흔들며 나아갔다.

젤라퐁에 집중하지 않고 있던 다른 두 마리의 수장룡이 이하를 노려보았으나 이미 늦었다.

총구 아래에 단단하게 부착된 블레스드 메테오라이트의 총
검은 젤라퐁을 바라보며 배를 드러낸 수장룡의 복부에 깊이
박혀 들어갔다.

캬아아아아―――――――……!

"미안하다, 그러니까 선물 하나 더 받아 가!"

그와 동시에 이하는 손을 뻗어 총구 옆에 달린 작은 쇳덩어
리 하나를 뜯어내었다.

수장룡의 거체가 몸부림치기 직전, 그것을 총검이 만들어
낸 수장룡의 몸체 틈새에 박아 넣는 일까지!

블랙 베스가 이하에게 불만을 표시했던 이유는 총검이 아
니라 바로 그것 때문이었다.

―그렇게 조악한 쓰레기를 내 몸에 달고 다녀야 하다니, 이
런 수모를. ―

"으히히! 물속이라면 도화선에 불을 붙이거나, 외부에서 연
소 작용을 일으키는 건 거의 불가능하지. 하지만―."

블랙 베스는 말을 끝까지 이을 수 없었다.

"수류탄은 가능하다고!"

이하가 보틀넥의 대장간에서 만지작거리며 만들었던 아이
템, 그것은 조악하게 만들어진 수류탄이었다.

몸부림치던 수장룡의 복부에서, 붉은빛이 잠시 번쩍였다.

만듦새에 비해 성능만큼은 결코 떨어지지 않는 폭발물이
수장룡의 내장을 완전히 헤집어 놓았다.

"이럴…… 수가."

"보이십니까? 믿을 수가 없습니다. 도대체 저런 움직임은—."

"인어의 전설이라면 크라벤에서 부랄 달고 태어나 숱하게 들어왔지만— 저 사람이야말로 인어가 아닙니까!"

잠항 선박의 내부에선 감탄이 연달아 나오고 있었다.

남방 해역을 항행하기 위해 선별된 단 한 척의 선박이다.

당연히 그 안에서 근무하는 승조원 NPC들의 수준은 크라벤에서도 손에 꼽을 정도다.

그렇게 크라벤의 주요 해전에서 힘을 길러 닳고 닳은 NPC들조차 잠항 선박의 창밖으로 보이는 이하의 활약에 입을 다물지 못하고 있었다.

"모두 조용. 국왕 전하께서 함께하고 계시다."

크라벤에서도 선별된 역전의 용사들이 경박한 모습을 보이는 게 좋은 일만은 아니다.

그러나 정작 승조원들에게 명령하는 페르난도의 표정도 입에 걸려 있었다.

"……내가 국왕인가, 페르난도 부장."

"아닙니다, 함장님."

기본적인 실수를 할 정도로 그 또한 이하의 활약에 눈길을 빼앗기고 있었다는 뜻!

아들이자 한 함대의 제독인 페르난도에게도 엄격한 기준을 적용하는 펠리페 2세의 언급에도 크라벤 NPC들의 흥분은 쉬이 가시지 않았다.

그것은 잠항 선박에 탑승하고 있던 유일한 유저 또한 마찬가지였다.

'저게 하이하인가…….'

그는 주먹을 움켜쥐고 있었다.

이하는 벌써 세 마리의 수장룡을 처치하고 네 마리째와 싸우고 있는 중이었다. 거기까지 걸린 시간이 10분이 채 걸리지 않았다.

'저 괴수들을 잡기 위해선 다음 타입의 잠수함을 건조해야 가능할 거라고 생각했는데.'

현실처럼 어뢰를 포함하여 완벽한 무장을 갖춘 잠수함을 만든 후에야 상대가 가능할 거라 생각했었다.

그래서 그것을 위한 준비도 차근차근 해 오던 중이었다.

하지만 저건 무엇인가.

도대체 저런 플레이를 어떻게 이해해야 하는가.

유저의 눈빛이 창밖을 향해 있을 때, 펠리페 2세는 조용히 그를 돌아보며 불렀다.

"어떻게 생각하나, 드레벨 기관장."

흥분해 있던 NPC들이 모두 입을 다물었다.

국왕이 진지한 대화를 원하기 때문에 그의 눈치를 보는 것만이 아니었다.

어떤 배를 타던 함장의 직위를 맡는 국왕과, 그 국왕의 아들이자 크라벤 함대의 제독이기 때문에 서열 2위의 부장을 맡는 페르난도를 제외하고 '가장 높은 서열'을 지닌 자.

기관장, 잠항 선박 내 서열 3위.

"이 잠항 선박 건조에 대한 아이디어와 지휘 그리고 항행을 성공시킨 자로서……. 인어의 능력에 대해 어떻게 생각하는지 듣고 싶군."

거기에 더해 크라벤의 해군력을 다음 단계로 발전시킨 자.

크라벤이 스타트 국가로 지정되거나, 현실에서 바다와 관련된 직업에 종사하던 유저들은 자연스레 크라벤의 '선박'에 집중할 수밖에 없었다.

거의 모든 유저가 잠수함에 대해서 알고 있다.

거의 모든 유저가 현실의 구축함과 전함 등을 알고 있다.

그러나 어느 정도의 지식과 인터넷에서 긁어모은 파편적인 정보로 미들 어스에서 그것을 구현해 내는 일은 불가능에 가까웠다.

바로 그 일을 해낸 게 드레벨이었고, 크라벤 소속의 유저들은 물론 NPC조차도 크라벤 해군 안에서 드레벨의 발언권을 높게 쳐 줄 수밖에 없었다.

"인어가 어찌하여 크라벤의 휘하에 들어오지 않았는지 알 수 있었습니다."

"그런가."

펠리페 2세와 드레이크의 '약속'이라면 크라벤의 모두가 안다.

그 '약속' 안에 포함된 내용까지 아는 자는 드레벨을 포함하여 극히 일부에 불과했다.

'유저들이 게임을 시작하기 전의 역사관에서― 크라벤과 인어가 전투를 벌였다고 했었지. 그 화해의 증표 중 하나로 맺은 계약이라고 들었는데……. 하긴, 그게 중요한 게 아니겠군. 잠수함을 발전시켜 인어들을 굴복시킨다는 계획은 파기해야겠어.'

하이하의 움직임이 인어의 움직임과 같다면 잠수함 '따위'로 그들을 정복하는 건 불가능할 것이다.

그러나 인어의 움직임에만 놀랄 게 아니었다.

"저 또한 저자가 쓰는 폭탄의 원리는 알고 있습니다."

"그러나 만들 수 없다는 의미인가."

"그렇습니다, 함장님. 원리만 안다고 가능한 일이 아니니까요. 저렇게까지 확실하게 만들어 내진 못할 겁니다. 저것을 테스트하기에는 제 목숨이 몇 개라도 부족할 겁니다."

잠수함에 화약과 관련된 무장을 하지 못한 이유가 무엇인가.

어뢰를 만들고자 했던 드레벨의 지시 하에 죽어 나간 크라벤의 NPC만 23명이었기 때문이다.

결국 어뢰 개발 프로젝트를 취소하고 전열함과 함께 시작한 남방 항행은?

전열함에서 쏘아 대는 무지막지한 운동 에너지의 캘리번 포까지 맞췄음에도 수장룡은 꼼짝도 하지 않았다.

'그런 수장룡의 약점을 찾아내고, 그것을 '찢어 내는' 무기까지 보유한 데다가ㅡ.'

물속에서 작동하는 폭탄까지 만들었단 말인가?

'저자가 〈인간 어뢰〉 그 자체가 되어 버린 셈이라니……'

드레벨은 인터넷에서 보았던 이하와 관련된 소문과 영상 등을 떠올렸다.

도무지 믿을 수 없는 말들에, 스크린 샷 하나 제대로 찍혀 있지 않았다.

동영상이라고 기껏 올라온 것은 드레벨이 보기에 합성이라고밖에 말할 수 없는 사기였다.

'그런 걸 믿어야 한단 말인가? 그게 진짜였다고? 도대체 정체가 뭐지?'

처음 이하가 등장했을 때만 해도 드레벨은 경쟁심에 타올랐다.

그가 지금껏 미들 어스에 투자한 모든 시간을 들여 겨우 펠리페 2세와 친밀도 100%를 쌓았건만, 고작 한순간에 친밀도 100%를 달성하고 '귀빈'이라 불리게 되지 않았던가.

그것조차 말도 안 되는 일이라고, 분명 어떤 사기를 사용한 것이라고 생각했다.

그러나 지금 이하의 활약을 보며 깨달았다.

인터넷에 떠돌던 아주 작은 소문 중 하나에 드레벨은 집중했다.

'미들 어스 게임이 망하지 않도록 막고자 하는 구플 제작진의 뒷계정 캐릭터가 아니냐는 말이 있던데 설마……. 아니, 가능성이 있어. 지금 하이하를 따라다니는 저 정체 모를 물의 정령만 해도 그렇지. 크라벤의 그 어떤 정령사들도 보여 주지 못한 거다.'

그는 정말로 구플의 직원이 아닐까?

그렇다면 그를 적으로 돌려서 좋을 게 없다.

지금 이 순간, 드레벨은 마음을 정했다.

"주제넘은 말씀입니다만, 향후 잠항 선박의 발전을 위해서라도 저자와 깊은 교류를 해야 한다고 생각합니다."

이하의 편에 붙어야 한다.

추가로 등장한 수장룡이 벌써 8마리.

당연히 그것들은 자신의 잠항 선박에 아무런 위해도 끼치지 못하고 있었다.

'구플의 직원이라면 무조건 같은 편으로 만들어야지. 아마 GM의 뒷계정인 것을 결코 알아채지 못하게 설계한 캐릭터일 거야. 모르는 척 물심양면으로 돕다 보면 분명히 어떤 기회가 생길지도…….'

드레벨은 자신의 추측이 맞았음을 확신하며 고개를 끄덕였다.

"휘유, 힘들진 않은데 귀찮은 작업이네. 젤라퐁, 아직 괜찮지!?"

[퐁! 퐁퐁!]

"진짜 구플 사람들은 내 계정비라도 무료로 해 줘야 한다니까. 이렇게 열심히 겜하는 사람이 또 어디 있겠어. 가자!"

자신이 어떤 오해를 사고 있는지도 모른 채, 이하는 잠항 선박의 창가로 다가가 다시금 뒤쫓아 올 것을 지시했다.

수면 위로는 폭풍우를 치게 만들고, 수면 아래에선 인공적인 소용돌이를 만드는 바다의 괴수들은 정리하며, 이하와 잠항 선박은 천천히 남쪽으로 내려가고 있었다.


무언가 기류가 바뀌었다고 느끼기 시작한 것은 수장룡 32마리를 잡아 이하가 레벨 업을 했을 즈음이었다.

[묘오오오웅…….]

"응. 나도 느껴져. 헤엄치기가— 힘들어졌어."

젤라퐁이 속도를 내지 못하고 이하조차 물속에서 움직이는 게 다소 거추장스럽다고 느껴질 무렵이었다.

〈운행 상태 점검 요망. 전방 난류亂流 발생.〉

이하가 비단 지시하지 않아도 잠항 선박 내부는 바삐 움직이고 있었다.

소리가 들려오진 않았지만, 창문 안으로 보이는 상황에서 이하도 충분히 짐작할 수 있었다.

'하긴, 잠수함이 흔들리는 건 저들이 더 잘 느꼈겠지.'

물속에서의 움직임이 훨씬 자유로운 이하가 움직이기 어려울 정도의 해류다. 그렇다면 기계 장치는 더욱 어려울 것이 분명하다.

'바토리가 있던 브란실베니아 성으로 올라가는 길도 이 정도는 아니었어.'

우우우우우————……!

[몽!]

"젠장, 이 상황이면 수장룡과 싸우기도 힘든데……."

수장룡의 울음소리는 제법 크게 들렸다. 거리는 별로 멀지 않다는 의미였다.

이하는 입술을 깨물었다.

'젤라퐁을 탱커처럼 내보내면 조금이라도 나아질까?'

그러나 그게 불가능하다는 건 본인이 제일 잘 알고 있다.

자칫 저번처럼 소용돌이 속으로 빨려 들어가기라도 하면

큰일이다. 현 상황에선 자신이 구하러 갈 여력조차 없다.

게다가 남방 해역 깊이 들어온 지금, 주변에 수장룡 몇 마리가 더 있을지 알 수 없다.

[묘오오오……!]

그 와중에 갑작스레 바뀌는 해류라니!

왼쪽에서 오른쪽으로 모든 것을 쓸어 버릴 듯, 보이지 않는 물길의 힘이 느껴졌다.

당연히 난류는 젤라퐁과 이하에게만 영향을 끼치는 게 아니다.

"젠장, 뒤집히면 대형 사고다!"

크라벤의 잠항 선박은 우측으로 25도 이상 기울어져 있었다.

"끄윽! 젤라퐁! 왼쪽 방향으로 틀어! 조금 더—."

젤라퐁의 촉수를 구명줄 삼아 이하는 있는 힘껏 반대 방향으로 헤엄쳤다.

물속에서 몇 바퀴 정도 구른다고 내부의 인원들이 사망하진 않겠지만 최대한 사고는 피해야 한다.

그러나 이하와 젤라퐁의 잠영이 아무리 강해도 해류를 거스르며 잠항 선박을 되돌릴 정도는 되지 않았다.

"안 돼! 넘어간— 음?"

뒤집힐 거라 예상했던 잠항 선박은 천천히 균형 상태를 찾아가고 있었다.

─선박 내부는 괜찮습니다. 걱정하지 않아도 됩니다.

─엥? 어라? 누구세요?

─인사가 늦었습니다. 잠항 선박의 기관장, 드레벨이라고 합니다.

─아아아! 안에 계시는 분이구나? 반갑습니다! 안 그래도 유저 분이 계시다고 해서 연락을 하려고 했었는데!

잠항 선박 내부에는 잠수함을 설계하고 건조한 일등 공신 유저와 그것을 운용하는 최고의 NPC들이 있었으니까.

─제가 먼저 인사를 드려야지요. 잠항 선박이 뒤집히거나, 난류에 휩쓸려 가는 일은 절대 없을 테니 그 걱정은 하지 않으셔도 됩니다. 하이하 님께서는 퀘스트에만 집중해 주시면 됩니다.

─그런가요? 하핫. 감사합니다.

이하는 갑작스레 협조적으로 나오는 드레벨의 행동을 이해할 수 없었으나, 지금은 그저 고마울 뿐이었다.

'뭐, 고생은 내가 다 하는 거니까 부담을 줄여 주려는 거겠지만─ 어쨌든 쉬운 일은 아니군.'

물론 퀘스트에 집중하라는 부탁도 결코 쉽지 않은 일이다.

잠항 선박은 어쨌든 이하의 뒤를 잘 쫓아온다지만 정작 젤라퐁과 이하가 휩쓸려 가는 상황이 나올 수도 있지 않은가.

'이런 상황에 무슨 전투야. 나랑 젤라퐁이 튀어 나갔다가 휩쓸리면 진짜 끝인데.'

[퐁, 묘퐁!]

그러나 적들은 이하의 상황이 나아지길 기다려 주지 않았다.

마침내 모습을 드러낸 수장룡을 보며 이하도 결정해야 했다. 맞서 싸울 것인가.

'위험을 감수하고서라도…… 음?'

이하는 잠시 멈춰 상황을 지켜보았다.

수장룡은 분명 이곳을 향해 헤엄쳐 오고 있었다.

멀리서 봐도 위협적인 거체가 흐느적대고 있었다. 한 마리가 아니라는 점도 우울한 일이건만…….

'사선으로 헤엄을 친다? 설마?'

이건 도대체 무슨 상황일까.

이하는 조금 더 수장룡들의 상황을 지켜보고야 알 수 있었다.

좌측 대각선 아래로 헤엄을 치던 수장룡들이 황급히 몸을 돌렸다.

오른쪽 지느러미만 퍼덕거리며 겨우겨우 거체를 상승시키려 하지만 다시 한 번 바뀐 난류 때문에 그조차 원활히 하지 못하는 행동…….

'뭐야, 이거?'

정신없이 몰아치는 난류는 이하에게만 영향을 미치는 게

아니었다.

'그렇지! 그래야 말이 되는 거지! 나랑 젤라퐁이 헤엄을 제대로 못 칠 정도면 저놈들도 어려워야 말이 되잖아!'

수장룡조차 마음껏 헤엄치지 못할 정도로 강력한 힘이었던 것이다.

이제 이하의 눈에 보이는 수장룡의 수는 100 단위를 넘어섰다.

100마리가 넘게 주변에서 허우적거리고 있건만, 그 어떤 것도 제대로 다가오지 못하고 있었다.

'버티긴 좀 빡세지만 저건 뭔 아쿠아리움을 보는 것 같네.'

다가오지 못하는 거대 생명체를 바라보는 기분은 생각보다 짜릿했다.

간혹 난류에 휩쓸릴 뻔한 위기가 있었지만 이하는 젤라퐁, 잠항 선박과 함께 계속해서 남쪽으로 나아갈 수 있었다.

그렇게 한참을 가서야 이하는 불현듯 생각을 떠올렸다.

수장룡들이 자신에게 다가오지 못하고 있을 정도의 난류다.

'근데 잠항 선박은? 이건 잠수를 할 수 있을 뿐, 수장룡보다 더 느리고 굼뜬 반응일 텐데…….'

이 와중에 균형을 잡고, 심지어 자신의 뒤를 따라오고 있다는 뜻인가?

이하는 아까 전 자신에게 귓속말을 한 유저를 떠올렸다. 그는 자신을 기관장이라 소개했다.

'해군 쪽은 잘 모르지만 기관장이라면 분명 동력, 말 그대로 저 잠수함을 운용하는 실질적인 장이라는 뜻이겠지.'

저 배에 타고 있다는 것 자체가 실력을 보증하는 것이겠지만, 이하는 드레벨의 능력이 얼마나 뛰어난지 새삼 깨달을 수 있었다.

그러고도 의문은 또 있었다.

"으음⋯⋯. 그리고 또 하나 이상한데. 분명 소용돌이를 만들고 인공 해류를 만드는 건 저 수장룡들이었잖아?"

[뭉?]

"근데 왜 — 그으으윽! 저 자식들이 휩쓸리는 거지?"

게다가 뜬금없이 발생한 이 난류는 도대체 무엇인가?

수장룡이 이하에게 다가오지 못하도록 막아 주는 방벽과도 같은 역할을 한다고? 이곳에서?

"그런 일을 할 만한 생명체라면⋯⋯."

마침내 이하의 눈에 무언가가 보이기 시작했다.

[뭉! 뭉!]

정확히는, 이하에게만 보이는 게 아니었다. 젤라뭉마저 촉수를 뻗어 가리키는 곳.

빛이 들어오지 않는 바다 깊은 곳에서 빛이 나고 있었다.

"저건⋯⋯."

주광색 빛이 뿜어져 나오는 그곳의 가운데에 있는 생명체를 이하는 볼 수 있었다.

100m급의 수장룡들이 작아 보일 정도의 것.

그의 주변으로 접근하려는 수장룡들은 아예 저 먼 바다로 휩쓸려 떠내려갈 정도의 것.

"수장룡은 빛과 인공적인 해류에 반응한다……."

바로 그 빛과 해류를 만들어 뿜어내고 있는 생명체.

"프라…… 크라벤?"

그것은 바로 [신화급] 생명체였다.

수장룡들보다 더욱 깊은 수심에서, 그것은 빛을 내고 있었다.

이하는 그것을 조금 내려다보는 위치쯤에 있었으므로 전체적인 크기와 형태를 파악할 수 있었다.

"황금빛…… 가오리?"

뿜어내는 주광색 빛 때문에 마치 황금으로 뒤덮인 느낌을 줄 뿐, 그 외형은 분명 익숙한 것이었다.

"신화급 생명체— 하긴, 신화급이라고 뭐, 꼭 멋있어야 하는 건 아니겠지. 가오리라니, 원."

정확히 말하자면 가오리보다 조금 더 두께감이 있는 모양이었다.

납작하게 눌린 가오리가 아니라, 몸통 부분이 조금 더 봉긋하게 솟아 있는 모습은 고대의 '투구게'와 비슷한 생김새에 더

가깝지 않을까 하는 생각이 들 정도였다.

"그나저나 크기를 가늠할 수 없다는 게 신기하구만. 쩝, 이쪽 해역에 들어선 이후로 내 눈이 이상해지는 기분이야."

도대체 얼마나 떨어져 있는 것이며, 얼마나 큰 것인가.

주변의 비교 대상이 100m급 수장룡인데 그 수장룡조차 작아 보이게 만든다?

하물며 빛의 세기로 가늠해 보자면 저것은 수장룡들보다 더 깊은 바다에 있다는 뜻이지 않나.

'그럼에도 주변 수장룡이 작아 보인다면— 실제로 크기는……'

이하는 가늠하는 것을 그만두었다. 어처구니가 없어서 실소가 나올 지경이었다.

"저게 프라 크라벤이 아니라고 한다면 그게 더 놀라운 일이겠군."

느릿느릿 따라오고 있는 잠항 선박을 향해 반전하며 이하는 즉시 이 사실을 알렸다.

〈프라 크라벤 추정 생명체 발견.〉


—드레벨 씨? 펠리페 2세에게 말씀 좀 전해 줘—.
—넵, 이미 다 전했습니다, 하이하 님.


이하가 드레벨에게 부탁을 하기도 전, 이미 펠리페 2세는 잠항 선박의 전방 창을 향해 걸어오고 있었다.

두 주먹을 불끈 쥔 노인의 눈빛이 창문을 뚫고 이하에게 닿았다.

드레벨이 굳이 말을 전하지 않더라도 이하는 크라벤의 국왕이자 왕가의 핏줄이 어떤 생각을 하는지 알 것만 같았다.

─반드시 구해 달라고 하시는군요. 펠리페 2세가 이렇게 격정적인 반응을 보이는 건 처음 봤습니다.

─그러네요.

눈으로 말하는 펠리페 2세를 향해 고개를 끄덕인 후, 이하는 다시금 젤라퐁과 함께 나아갔다.

수장룡들은 프라 크라벤에게 일정 거리 이상 다가서지 못하고 있었다.

'수장룡이 거스를 수조차 없는 강한 해류다. 그럼에도 나와 젤라퐁, 잠항 선박이 다가갈 수 있다는 것은…….'

프라 크라벤도 알고 있다는 의미이지 않을까.

바닷속에서 이렇게나 복잡한 난류를 만들어 내는 신화급의 가오리는 크라벤의 핏줄이 이곳까지 당도했음을 알고 있는 것이다.

'그래서 해류를 조절해 주는 거겠지. 그나마 우리들이 휩쓸려 떠내려가지 않도록.'

〈천국으로 가는 계단〉을 넘어갔다.

고대의 미들 어스에서 크툴루들을 상대해 보았다.

특정 수준 이상의 생명체들이 얼마나 고등화된 지능 체계를 갖고 있는지, 이제 이하도 충분히 파악할 수 있었다.

다만 이렇게 세밀하게 해류를 조정할 수 있는 생명체가 어째서 도움을 기다리고 있는 것인지, 그것을 이하는 파악하기 어려웠다.

'주변 수장룡의 단위는 이제 셀 수 없어. 아무리 적게 잡아도 300단위가 넘는다. 하지만— 이 정도 힘이라면 300마리든, 500마리든 별거 아닐 것 같은데.'

약점을 공격할 수 없기 때문일까? 별다른 공격 수단을 갖고 있지 않기 때문에?

수장룡들은 분명 대단한 생명체다.

약점을 파악하지 못했다면, 저 단단한 피부를 찢어 버릴 정도의 총검과 그 총검의 절삭력을 높여 줄 정도로 물속에서 빠른 움직임을 보이지 못했다면 약점을 찾아냈다 한들 소용없었을 것이다.

'한 마리, 한 마리가 지상의 토온급 수준이라는 뜻이지. 그래도 신화급 생명체라면 충분히 가능하지 않을까 싶은데.'

어느덧 이하와 젤라퐁 그리고 잠항 선박은 프라 크라벤에게서 새어 나오는 주광색 빛에 감싸 안겨 있었다.

우우우우우―――――――……!

프라 크라벤에게 모든 '어그로'가 끌려 있음에도, 수장룡들은 이하의 움직임에 반응했다.

물속에서 낮고 길게 울리는 수장룡 몇백 마리의 울음소리는, 듣는 것만으로도 오금을 저리게 만들기에 충분했다.

"조심히……. 거의 다 왔—."

[묘오오오오오옹—!]

"—어? 젤라퐁? 왜—."

앞서가던 젤라퐁이 갑자기 이하에게로 달려들었다. 그 순간, 이하의 눈앞이 잠시 아찔해졌다.

———————————————!

"우아아아악!? 뭐야?!"

프라 크라벤이 내뿜던 옅은 황금빛이 갑작스레 차단된 느낌!

몇 초 정도가 지나고 나서야 이하는 어떤 일이 벌어진지 알 수 있었다.

이곳은 지상이 아니다. 전후좌우뿐만 아니라 상/하의 개념까지 있는 물속에서는 단순히 자신의 눈에 보이는 곳만 조심해서는 안 된다.

'뭐가— 솟아난 거야?'

자신의 눈앞에서 갑자기 솟아오른 거대한 검은 기둥은 도대체 무엇인가!

젤라퐁의 강한 태클 덕분에 이하는 가까스로 그것에 휘말리지 않았다.

분명 스칠 정도로 가까운 거리는 아니었을 것이다. 그러나 압도적인 굵기와 길이는 역시나 이하에게 거리감을 빼앗아 간 상태였다.

"이건 무슨—."

—하, 하이하 님! 저건 뭡니까?

—글쎄요, 저한테 말씀하셔도 아직 정체를— 검은 기둥 같은데 뭔가 미끌미끌하고…….

—네? 기둥이요? 저 머리가 보이시지 않으시는 겁니까?

—머리?

잠항 선박은 이하보다 뒤에 있었다. 즉, 이하가 보는 것보다 더 넓고 큰 시야각이 나온다는 의미였다.

잠항 선박의 전방 창으로 보이는 무언가에 대한 정보를 전달받은 이하는, 서서히 뒤로 움직이며 고개를 들어 보았다.

[묘오오오옹, 묘오오옹!]

전에 없이 흥분한 젤라퐁이 날카롭게 촉수를 세우고 마주 보고 있는 기둥.

아니, 정확히는 생명체.

"예전에 봤던 거대 곰치? 아니, 거대 곰치라기엔……."

신대륙 항행 당시 보았던 유사 몬스터가 있다.

그것도 무지막지한 크기를 자랑했지만 지금 이 '생선'은 도 대체 무엇과 비교해야 할까.

이하의 머릿속에 떠오르는 비교 대상은 하나뿐이었다.

수백 미터에 달하는 몸길이와, 도저히 측정조차 하기 힘든 두께를 지니고 공중을 누볐던 몬스터가 있다.

몇 마리가 배배 꼬인 모습은 보는 것만으로도 혐오감과 구 토감을 불러일으키던 몬스터.

"티아마트 수준으로 크잖아!"

이하는 자신의 눈앞에 보이는 몬스터가 '배배 꼬인 티아마 트의 몸통 중 한 줄기'만 분리되어 있는 모습이라고 생각했다.

'빌어먹을, 그래서— 못 움직이는 거였어!'


캬아아아아————————ㄱ!


그것의 포효 한 번은 마치 물속에서 미사일을 터뜨리는 것 과 같은 효과가 있었다.

에너지가 방출될 때 생기는 기포가 그것의 아가리에서 터 지듯 나왔을 때, 이하는 엄청난 양의 시스템 알림 창을 마주 해야만 했다.


[정신계 저항력을 지니고 있습니다.]

[상태 이상: 혼란에 저항하였습니다.]

[상태 이상: 호흡 곤란에 저항하였습니다.]

[상태 이상: 마비에 저항하였습니다.]


초월적 존재는 아니다.

그러나 신화급 생명체의 움직임을 함부로 할 수 없게 만드는 적.

낮게 잡아도 전설급 높다면 '프라 크라벤과 같은' 신화급의 몬스터가 마침내 모습을 드러낸 셈이었다.

Geschoss 5.

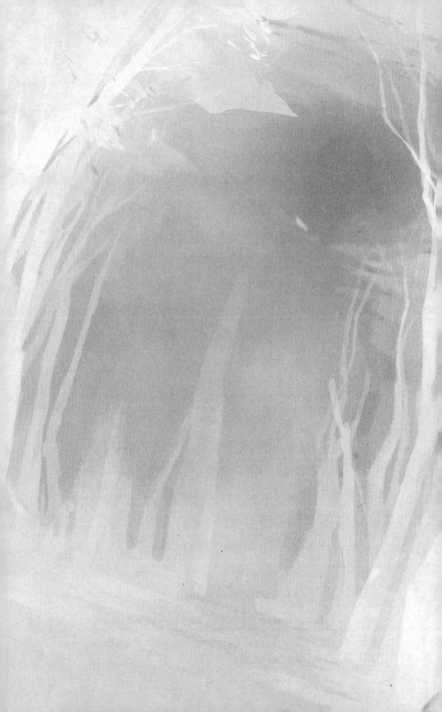

　―하이하 님! 저건 대체!

　―괜찮으세요? 그쪽 내부는? 상태 이상 지속 시간은 어떻게 됩니까?

　―상태 이상이 엄청나게 걸렸습니다. 이곳의― NPC들도― 허어어업!

　드레벨은 귓속말조차 제대로 하지 못했다.

　부족한 산소를 어떻게나마 호흡하려는 그의 발악이 이하의 귀에도 들릴 지경이었다.

　'만약 상태 이상이 3분 이상이라면―.'

　호흡 곤란을 3분 이상 겪어야 한다면 잠항 선박은 제대로 움직일 수 없다.

그렇다면 '저것들'이 접근할 때 피할 수 없다.

"하핫, 미치겠구만. 중간에 저게 끼어드는 바람에…… 프라 크라벤의 해류도 이제 제대로 적용되지 않는다는 건가."

총체적 난국이었다. 프라 크라벤을 향해 다가가던 이하였다.

그리고 정체 모를 몬스터가 끼어든 지점은 바로 그 중간.

즉, 프라 크라벤이 통제하려는 해류는 더 이상 이하 근처에 아무런 영향을 주지 못하고 있다는 점이었고, 바로 그런 이하를 향해 수장룡들도 느릿하게나마 향할 수 있었다.

"젤라퐁! 잠항 선박 근처를 지켜 줘! 혹시나 수장룡들이 다가오면…… 부탁한다!"

[퐁!]

더 이상은 생각할 여유조차 없었다. 눈앞의 몬스터가 이 모든 일의 원흉이라면, 이것을 죽이면 된다.

'그것도……. 수장룡들이 잠항 선박을 파괴하기 전까지!'

갑작스레 타임 리미트가 생겨 버린 퀘스트의 상황이었으나 이하는 의연하게 대처했다.

우선할 일이라면 눈앞의 초대형 곰치를 잠항 선박에서 최대한 멀어지게 만드는 것이었다.

"젠장, 좀 아깝긴 하지만—."

이하는 블랙 베스의 옆에 있던 작은 쇳덩어리를 하나 뜯어내 던졌다.

수장룡의 내부에서부터 폭발을 일으키게 만들려는 아까운

아이템이었지만 지금은 몬스터의 주의를 끌어 내는 데 사용해야 한다.

————————————!

"흐읍!"

폭발은 해류를 뒤흔들어 놓았다.

스스로도 수압에 밀려 나갈 정도로 강력한 폭발력.

곰치와 이하 사이에서 폭탄이 터진 것을 신호로, 마침내 몬스터가 움직였다.

캬아아아악————————!

"우와아악!"

빳빳하게 서 있던 곰치의 몸체가 흐물거리기 시작했을 때, 그것의 대가리는 이하를 집어삼킬 듯 다가오는 중이었다.

부그르르르륵…….

이하는 빠르게 헤엄쳤다. 그러나 도망가는 것도 만만한 일은 아니었다.

곰치가 가로막은 부분은 프라 크라벤의 해류에 적용을 받지 않았으나, 녀석에게서 조금만 벗어나도 프라 크라벤이 통제하는 해류의 영향을 다시금 받았기 때문이다.

'어떻게 잡아야 하지?'

이하의 눈에 주광색 빛 말고 다른 색의 빛이 들어온 것은 그때였다.

그러나 좋은 소식은 아니었다.

곰치의 얼굴 쪽에서 나는 빛!?

그게 무엇을 의미하는지는 이하는 곧장 깨달았다.

"미친! 브레스를 쏜다고? 저 덩치가 이 물속에서? 완전 개 사기—."

이하는 빠르게 허우적거리며 헤엄쳤다.

잠항 선박과 젤라퐁을 뒤에 둔 채 와류를 헤치며 벗어나 갈 때였다.

—————————————!

이하는 등 뒤에서 분홍빛이 번쩍이는 것을 볼 수 있었다.

빛이 번쩍이고 약 4초 후 들려오는 거대한 진동음은 해저가 전부 무너져 버리는 것은 아닐까, 하는 걱정이 들 정도였다.

'저것에 스쳤다간…….'

죽음이다.

어떻게 해야 하지? 어떻게 싸울 수 있지?

'약점부터 찾아야 해. 하지만— 이건 수장룡이 아니야, 거대 곰치를 더 거대하게 만들어 놓은 버전이라고 생각하면 어떻게 공격해야 하지? 머리?'

신대륙 원정 항행 때 보았던 거대 곰치와 같은 약점 포인트일까?

문제는 그 머리를 어떻게 공격할 수 있느냐, 하는 점이었다.

―――――――――――――――!

다시 한 번 분홍빛이 번쩍였다.

이번엔 초대형 곰치 쪽을 바라보고 있었으므로, 이하는 자신의 곁을 스치며 해저를 향해 내려 꽂히는 빛줄기를 볼 수 있었다.

빛줄기가 지나간 공간에서 무수히 많은 기포가 발생하여 이하를 덮쳐 왔다.

'읏! 기포가 제법 화끈거린다. 이 정도면―.'

상상을 뛰어넘는 초고온이라는 뜻이다.

[위대한 옛 존재] 중 과타노차가 내뿜던 기포보다 열기가 더 느껴질 지경이었다.

'이 자식이 '초월적' 존재는 아니잖아! 그럼 거리가 가깝기 때문이려나? 어쨌든 상당히 위협적인 공격이야.'

만약 화염 저항력 100%를 달성하지 못한 유저였다면 고온의 기포를 쐰 것만으로도 사망하기에 충분했으리라.

스킬을 사용하는 텀도 짧다.

〈하얀 죽음〉으로 맞서려 했다간 이하가 먼저 피격될 것이다.

그럼 우선해야 할 일은?

'놈의 아가리를 봉하는 것.'

저 기술을 사용하지 못하게 만들어야 한다.

그 점에서부터 마침내 이하는 전투 계획을 세울 수 있었다.

이곳은 물속이다.

물의 저항 때문에 탄환은 총구를 벗어나기 무섭게 대부분의 에너지를 잃는다.

그러나 '모든' 에너지를 잃는 건 아니다. 탄환은 나아간다.

아주 짧은 거리라도…….

"후우우우……."

이하는 호흡을 가다듬었다. 초대형 곰치의 아가리에는 또다시 분홍빛이 모여들고 있었다.

몸통으로 직접 공격해 오지 않는 지금이 기회일 것이다.

하지만 말 그대로 '빛'과 같은 공격을 보고 피하는 건 불가능하다. 이하가 아무리 빠르게 헤엄쳐도 그게 안 된다는 건 잘 알고 있었다.

이하는 총구를 들어 올렸다.

분홍빛의 알갱이가 모여드는 속도가 점차 늦어지고, 빛 너머로 초대형 곰치의 눈동자가 붉게 물들어 보이는 순간이었다.

이하는 들어 올렸던 총구를 조금 우측으로 향하게 만들어 놓았다.

―――――――――!

"〈고스트 인 더 쉘〉!"

빛과 동시에 쏘아진 탄환이 이동한 건 고작 4m 남짓이었다.

그것으로 충분했다.

빛이 이하가 원래 있던 부분을 꿰뚫고 갈 때쯤, 이하는 벌써 곰치를 향해 빠르게 헤엄쳐 가고 있었다.

프라 크라벤의 해류 통제가 더 이상 먹히지 않는, 자유 해역에서 이하가 낼 수 있는 수중 속도는 시속 80km를 넘는다.

"더 이상 그 짓거리를 못 하게 만들어 주마!"

빠르게 나아가는 와중에 노리쇠를 당기고, 총구를 들어 올린다.

확실히 탄환은 아무런 힘을 발휘할 수 없다.

그러나 데미지를 주려는 목적이 아니라, 그저 '대상에게 닿음으로써' 효력을 내는 스킬은 어떻게 될까.

초대형 곰치의 몸통을 향해 일직선으로 나아간 이하는 방아쇠를 당기며 외쳤다.

"〈마나 증발탄〉!"

수중에서 3m를 날아간 탄환은 초대형 곰치에게 닿았다.

두 번의 기회가 오지 않을 것을 이하는 알고 있다. 초대형 곰치가 몸을 움직이며 직접 잡으려 하면 도망치기도 어려울 것이라는 걸 알고 있다.

모든 승부는 지금 내야만 한다.

스킬을 봉해 놓은 바로 지금!

"〈단 하나의 파괴〉!"

파괴의 정령왕에게서 받은 스킬을 사용하며 이하는 그대로 방아쇠를 당겼다.

―――――――――!

기포와 함께 블랙 베스의 총구에서 탄환이 쏘아져 나갔다.

초대형 곰치의 모습은 사라지지 않았다. 적어도 이하가 보기에 사라졌다, 라고 말할 수 있는 것은 하나.

'……뭐야?'

총구 바로 앞에 있는 초대형 곰치의 비늘이 한 장 사라졌을 뿐이었다.

스킬 〈단 하나의 파괴〉는 푸른 수염이 애용하던 그의 무기를 없앨 정도의 힘을 지니고 있다.

티아마트의 몸을 두르던 마나 쉴드에 구멍을 뚫을 정도의 위력이 있다.

그 정도의 스킬을 사용해서 고작 '비늘 한 장'을 없앴단 말인가?

이 거대한 몸체를 둘러싸고 있는 비늘은 셀 수조차 없을 지경인데?

'저거 하나하나가 개별 방어체로 인식되는 거였다고? 이건 너무하잖아!'

그러나 불평할 시간도 사치였다.

어쨌든 개별 방어체로 인식되는 비늘이 사라졌다면 이하의 눈앞에 보이는 것은 무엇인가.

"이거라도 먹혀야지! 〈총검 돌격〉, 그리고 '찔러'!"

총검술의 기초 동작을 있는 힘껏 실시하며 이하는 블랙 베스에 붙은 총검을 내질렀다.

블레스드 메테오라이트로 만들어진 총검 위로 뒤덮인 마나 총검. 일종의 '강화' 형태로 적용된 물리 공격을 계획했던 이하였다.

몬스터의 비늘이 벗겨졌다 한들 외피가 지닌 기본 방어력이 어느 정도나 높을지 알 수 없었기 때문이다.

그러나 이하는 조금 당황해야 했다.

쑤우우우욱……!

"어? 무슨—."

마치 스펀지케이크를 찌르는 감각이라니?

심지어 길쭉한 총검만 박힌 게 아니라 블랙 베스의 총구까지 녀석의 살 속으로 빨려 들어가는 기분이 들 정도였다.

'그렇군. 바로 이게 약점이라는 건가.'

비늘이 막강한 방어력을 지녔고, 하나의 비늘마다 개별 방어체로 인식될 정도로 대단한 생명체.

바꿔 말하면, 그것은 더없이 부드러운 내부를 보호하기 위해서라는 의미이기도 했던 것이다.

그리고 총구가 피부를 찢고 들어갔다면 다음으로 할 일은?

몬스터의 내부는 바닷속이 아니다. 바닷물이 침투해 들어가겠지만 지금 당장의 상황은 그것이 아니라고 봐야 한다.

당연히 이하의 선택지는 하나뿐이었다.

이하의 얼굴에 미소가 지어지는 순간, 방아쇠는 당겨졌다.

"〈다탄두탄〉."

탄두 당 데미지 약 6만 7천. 총 탄두 수 66발.

총 데미지 4,424,112의 공격이 정체 모를 초대형 곰치의 몸속을 휘저었다.

―――――――――――――――――!

몬스터는 울부짖었다. 바다의 모든 물이 진동하는 것과 같은 괴성이었다.

이하는 놈의 단말마를 들으며 회심의 미소를 지었다.

'어디 이 크기가 잿빛으로 변하는 구경이나 할까―아아아악!?'

미소가 사라지기까지 걸린 시간은 딱 2초였다.

초대형 곰치는 잿빛으로 변하지 않았다. 그것은 엄청난 속도로 몸부림치며 날뛰기 시작했다.

블랙 베스의 총검은 여전히 꽂힌 상태였고 이하는 그것을 꽉 쥐고 있었다.

"우우우웁!"

수백 미터 길이의 폭주 롤러코스터에 안전벨트도 없이 매달린 꼴이 된 이하였다.

〈인어화〉스킬이 없었다면 막대한 속도로 인한 수압 때문에 눈을 뜰 수 없었을 것이다. 그러나 다행히도 이하는 '인어'였고, 덕분에 험한 꼴(?)을 생생하게 지켜봐야 했다.

'말도 안 돼— 어떻게—.'

마구잡이로 헤엄치는 초대형 곰치는 피아를 가리지 않았다.

〈다탄두탄〉이 내부를 충분히 휘저은 것을 느낄 수 있을 정도로 놈은 발광을 하고 있었다.

'왜 안 죽지? 한 발의 탄환도 피하지 못한 거나 다름없잖아!'

400만이 넘는 데미지를 맞고 버틴다고?

그 정도로 HP통이 크단 말인가? 설령 드래곤이라 할지라도 모든 공격에 적중되었다면 살아남을 수 없을 텐데!

캬아아아아———————————.

우우, 우우우——……

초대형 곰치는 자신의 몸부림을 가로막는 어떤 것도 용서하지 않았다.

프라 크라벤의 해류에서 자유로운 생명체는 현 시점에서 곰치 하나뿐이었으므로, 느릿하게 움직일 수밖에 없는 수장룡들은 모두 곰치의 태클에 휘말리거나, 입을 벌리고 날뛰는 녀석에게 물어뜯겨야 했다.

"젠장, 그렇다고— 당하기만 할 수는 없지. 가만히 좀 있어! 〈번아웃〉!"

투콰아아아————……!

이하는 곧장 스킬을 사용했다.

파괴의 정령왕이 부여한 스킬이 그 정도라면 이건 어떨까.

무력의 정령 여왕의 힘을 빌린 스킬은 초대형 곰치의 내부에서 곧장 효력을 발휘했다.

미친 듯한 속도로 날뛰던 녀석의 움직임이 차츰 느려지기 시작한 것이다. 물론 그것도 이하의 마음에 드는 결과는 아니었다.

'이걸로도 안 죽는 거야? 푸른 수염조차 잠시 움직일 수 없었던 스킬을……'

느리긴 하지만 여전히 움직일 수 있단 말인가.

'이해는 간다. 생명체 타입별로 특성과 상성이 나뉘긴 하니까. 인간형인 푸른 수염과 이런 말도 안 되는 초대형 생선이 완전히 똑같은 효과를 적용 받지는 않겠지!'

말하자면 체력과 생명력이 육체에 분포된 정도가 다르기 때문에, 어느 정도의 효과도 달리 적용될 수 있다는 뜻이다.

그렇다면 이런 거체에게 제대로 먹힐 만한 공격은 무엇이 있을까.

이하는 곧장 가방을 뒤적였다.

블랙 베스의 총구가 가리키는 방향 쪽의 곰치 내부는 완전히 엉망이 됐을 것이다.

그러나 직선형 공격이 아니라 범위형 공격은 분명히 주는 데미지가 다를 터!

한 손으로는 블랙 베스를 꽉 쥔 채, 다른 한 손으로 집은 건 폭탄이었다.

"내부 폭발도 버티나 보자."

이하는 총검이 깊숙하게 박힌 블랙 베스를 빼내었다. 그러곤 울컥거리며 피가 새어 나오는 그 구멍으로 폭탄 세 개를 쑤셔 넣었다.

시한신관을 활용한 폭탄의 설정 시간은 약 4초!

이하는 움직일 수 있는 최대한의 속도로 곧장 초대형 곰치에게서 떨어져 나왔다.

새카만 기둥과 같은 녀석의 몸속에서 붉은빛이 새어 나왔다고 느낀 것은 잠시 후였다.

엄밀히 말하면 그것은 붉은빛이 아니라 사라지기 직전의 폭광과, 그 폭광이 비칠 때쯤 쏟아져 나온 내장 그리고 피였다.

"좋았으!"

이하의 총검이 꽂혔던 곰치의 몸체 일부는 이제 완전히 폭발해 터져 나간 모습이 되었다.

다만 그것이 너무나 초대형이라는 것.

폭발을 비롯하여 숱한 공격이 성공적으로 작용했으나, 사람의 육체에 비교해 보아도 옆구리에 엄지만 한 구멍이 난 정도의 상처라는 게 문제였다.

'암만 그래도 이미 내부는 만신창이일…… 텐데.'

위독한 상태인 건 사실일 것이다. 그러나 죽지 않은 것도 사실이었다.

캬아아아아————————……!

곰치의 포효가 그것을 증명하고 있었다.

처음의 소리에 비하면 날카로움이 많이 사라졌으나, 오히려 분노와 원한이 서려 있다는 느낌을 받을 정도로 끔찍한 울음이었다.

곰치의 머리는 정확하게 이하를 향해 있었다.

굳이 아가리를 벌리지 않아도 이하는 녀석의 이빨 틈새로도 빨려 들어갈 것이다.

초대형 곰치는 꾸물거리며 이하를 향해 다가왔다.

〈번아웃〉 덕분에 느린 속도였으나, 워낙 크기가 커 그것만으로도 압박감은 충분했다.

이제 총은 쏠 수 없다. 다시 달라붙어서 총검을 찔러 넣는다? 위험부담이 너무 큰 공격이다.

결국 이하가 선택할 수 있는 것은 한 가지였다.

"〈녹아드는 숨결〉."

이하는 모습을 감췄다.

갑자기 사라진 먹잇감에 당황한 곰치의 대가리가 꺼떡거렸다.

좌로, 우로 머리와 눈이 움직이며 포효했지만 곰치는 이하를 인식하지 못했다.

'내가 움직일 때 발생하는 해류만 있었다면 분명히 눈치챘겠지만…….'

이곳은 프라 크라벤이 꾸준히 만들어 내는 와류가 있다.

이하의 지느러미가 만들어 내는 작은 파동은 거대한 파동에 휩쓸려 즉시 사라질 테고, 그렇다면 곰치는 결코 자신을 눈치챌 수 없으리라는 판단은 유효했다.

모습을 감춘 이하는 빠르게 이동하기 시작했다.

'이번에야말로…… 확실하게…….'

적절한 자리를 잡아야 한다. 너무 가까워도 안 되고 멀어서도 안 된다.

이하가 초대형 곰치에게서 조금 떨어지며 총구를 들어 올리는 그 순간, 초대형 곰치가 다시금 포효했다.

캬아아아아━━━━━━━……!

그것은 이하의 기대와는 조금 다른 반응이었다.

'어, 어?'

초대형 곰치는 이하 자신을 인식하지 못할 것이다. 그렇다면? 분노의 대상을 잃은 초대형 곰치는 과연 누구에게 집중할까.

수장룡을 제외한다면 이곳에 있는 '적'은 잠항 선박과 젤라퐁뿐이었다.

[묘, 묘오오옹……!]

―하이하― 니임, 상황은, 어떻게― 허어업…….  퇴각
할― 운용 인력이 없습― 허어업!


상태 이상의 지속 시간이 끊기면 다시 포효하여 상태 이상
을 거는 상황이 계속되는 시점에서, 크라벤의 잠항 선박은 자
유로이 움직일 수 없었다.

이하는 선택해야 했다. 다시 모습을 드러낼 것인가.


―조금만 견뎌 주세요.

―무슨― 허어업―.


'〈하얀 죽음〉.'

저격수에게 관심을 갖지 않는 저격 대상.

죽일 기회는 지금뿐이다.

이하의 총구로 하얀 알갱이들이 모이기 시작했다. 그러나
자세히 보지 않으면 알 수 없었다.

프라 크라벤이 줄곧 내뿜고 있던 주광색의 빛에 비하면 극
히 미미한 수준이었으니까.

캬아아아, 캬아아아아악―!


―다시 빨라지고 있습니다!

멈추게 만드는 것조차 불가능했던 〈번아웃〉의 지속 시간도 계속될 리 없었다. 초대형 곰치는 마치 가속을 받는 것처럼 빨라지기 시작했다.

잠항 선박과 젤라퐁까지 닿는 것은 몇 초도 걸리지 않을 것이다.

—하이하 님! 우리를 포기하시는 겁니— 허업, 이렇게 죽으면 안 되는데—.

호흡이 불편한 상황이었음에도 드레벨의 귓속말은 빨랐다. 그가 얼마나 초조하고 불안해하는지 이하도 느낄 수 있었다.

그러나 이하는 귓속말에 답하지 않았다.

초대형 곰치는 일정한 속도로 움직이는 게 아니다.

〈번아웃〉이 해제되어 가며 점차 빨라지는 속도를 느껴야 한다. 내장을 헤집어도 즉사하지 않는 어류형 생명체를 단박에 죽이기 위해서 어디를 노려야 하는지 알아야 한다.

'그리고 거긴……'

지금까지 불가살충을 제외한 그 어떤 생명체도 견디지 못한 부위.

초대형 곰치는 아가리를 벌렸다. 잠항 선박은 단지 입을 다무는 것만으로도 파괴되어 버릴 것이다.

그런 결과가 생겨선 안 된다.

탄환이 절대 빗나가지 않을 거라는 믿음과 자신감으로.

초대형 곰치의 포효와 함께, 주광색이 은은하게 퍼지는 짙
푸른 바다에서.

————————————……!!!!

한 줄기의 빛이 있었다.

초대형 곰치와 한 줄기의 빛은 '인간과 바늘' 정도의 차이라
고 볼 수 있었다.

'하지만 인간이라도…….'

좌측 두에서 우측 두까지를 바늘로 관통당하면 살아남기
힘들다. 초대형 곰치의 움직임이 차츰 느려지고 있었다.

"후우……."

이하는 참았던 호흡을 내쉬었다.

초대형 곰치는 더 이상 움직이지 않았다.

잠항 선박과 젤라퐁을 향해 가던 관성에 의해 조금씩 전진
은 하고 있었으나, 그보다 더욱 빠른 속도로 가라앉는 중이
었다.

―대단한 생명체다.―

"인정. 전설급도 아니야. 저건 진짜 100% 신화급 몬스터다.
온갖 스킬을 다 때려 박아도 안 죽는다니!"

―바로 그것이다, 각인자여.―

"―응? 무슨 소리야, 블랙?"

―큭큭큭큭…….―

블랙 베스는 이하의 말을 끊으며 웃었다. 스킬 창을 열어 보던 이하는 불현듯 숨이 막힌다는 느낌을 받았다.

블랙 베스가 이 정도의 말을 했던 경우는 없었다.

'특성 흡수는…… 단순 공격 적중이 아니다.'

엄밀히 말하면 해당 생명체를 죽여야 한다.

그러나 지금의 초대형 곰치는?!

"미친, 설마 안 죽었ㅡ."


캬아아아아아아아……!


좌측 두에서 우측 두까지 바늘로 관통당하면 살아남기 힘들다. 그러나 간혹, 살아남는 운 좋은 개체들이 있기 마련이다.

하강하던 초대형 곰치는 갑작스레 발광하며 심해로 잠수하기 시작했다.

이하는 황급히 녀석을 겨누고 방아쇠를 당겼지만 탄환이 물살을 뚫고 목표까지 도달할 리는 없다.

"말도 안 돼! 왜?! 머리를 관통당하고 살아남는 생명체가 있ㅡ……. 아."

당황과 불안, 불가해한 생각이 이하의 머릿속에 잠시 떠올랐으나 그것은 오래가지 않았다.

초대형 곰치는 죽지 않았다.

그러나 어차피 이번 퀘스트는 초대형 곰치를 죽이는 게 아니었다. 프라 크라벤이 내뿜던 주광색의 빛이 점차 강해지기 시작했다.

[꾸우우우우우······!]

수장룡의 울음이나 초대형 곰치의 포효와는 격이 다른 외침이 바닷속에서 퍼지기 시작했다.

황금빛 가오리의 몸체가 너울거렸다.

"해류가······ 약해진다."

이하도 느낄 수 있는 급진적인 변화였다. 보이지 않게 소용돌이치던 와류는 점차 약해지고 있었다.

[묘오오오옹—!]

"젤라퐁! 잠항 선박 쪽은—."

젤라퐁이 아무런 문제없이 이하에게 다가올 수 있을 정도였다. 이하는 젤라퐁을 몸에 부착시키고 곧장 잠항 선박으로 향했다.

창 너머로 보이는 선박 내부에서 쓰러져 있던 NPC들이 하나둘 일어나고 있었다.

가장 멀쩡한 것은 역시나 동화율에 의해 상태 이상에 대한 저항을 적게 받을 수 있는 유저, 즉, 드레벨이었다.

드레벨은 창 너머의 이하를 향해 엄지를 치켜올렸다.

―과연 하이하 님이십니다. 제가 듣던 정보들이 과장된 것은 아닌가 생각했는데, 오히려 축소된 거였군요.

―에이, 괜히 부끄러우니까 그런 말씀 마시고. 내부는 괜찮죠?

―사망한 자는 없습니다. 펠리페 2세도 지금 바깥 상황이 어떻게 됐냐고 물어보는군요. 제가 '잘' 대답하겠습니다.

―흐흐, 부탁드려요.


이하가 구플의 직원이라고 철석같이 믿고 있는 드레벨은 자신이 할 수 있는 가장 큰 아부를 떨고 있었다.

당연히 그런 오해를 샀다고 생각조차 못 하는 이하로서는 그저 협조적인 크라벤의 유저가 고마울 뿐이었다.

우우, 우우우우우……!

우우우우우━━━━━━━!

"아!"

이하는 주변에서 울리기 시작한 수장룡들의 울음에 화들짝 놀라 뒤를 돌아보았다.

해류가 약해지고 젤라퐁이 자유로이 움직일 수 있게 되었다는 의미가 무엇인가.

'수장룡들도 움직일 수 있다는 거잖아!'

수장룡은 벌써 이하와 잠항 선박을 향해 접근하고 있었다. 셀 수조차 없이 많은 대형 수생 생물을 보며 이하가 잠시 당황했을 때…….

다가오던 수장룡 하나의 몸에서 황금빛이 터져 나왔다.

"어?"

정확히는 수장룡의 몸에서 나온 빛이 아니었다. 황금빛을 뿜어내고 있는 수장룡의 몸통 전체를 꿰뚫어 버린 거대한 무언가였다.

'저건…….'

주변부에서 점차 강해지는 황금빛. 이하가 문득 눈을 돌리자 이미 그곳엔 프라 크라벤이 자리하고 있었다.

그쯤에서야 이하는 조금 황당해졌다.

더 깊은 바다에서 얼마 올라오지 않은 것 같았지만, 그의 공격은 수장룡에 닿기에 충분했던 것이다.

"그럼 저게 지금 꼬리지느러미에 달린 그거야? 수, 수장룡의 모가지보다 더 긴데?"

가오리의 무기는 꼬리에 있는 날카로운 촉수.

가시와도 같은 그것으로 독성을 주입시키는 방식이었으나 프라 크라벤과 수장룡 정도의 크기 차이라면 '독성' 같은 것에 의지하지 않아도 상관없었다.

[꾸우우우우————————.]

황금빛 가오리의 날개와 같은 지느러미가 너풀거리고, 도저히 어느 각도에서 쏘아지는지조차 모를 꼬리의 촉수가 움직였다.

수장룡들은 아무런 반항조차 하지 못했다.

프라 크라벤의 꼬리를 물 수도 없고, 본체까지 다가가 부딪치는 공격은 어림도 없다.

크기의 차이로 인해 아무런 타격도 받지 않을 가능성이 높을뿐더러, 날개 지느러미 같은 것이 펄럭거릴 때마다 수장룡이 휘청거릴 와류가 계속해서 발생하고 있기 때문이다.

"허허……. 과연, 방금 그 초대형 곰치가 아니라면— 이딴 수장룡 따위는 상대도 안 되는구나."

바닷속에서 벌어진 대학살을 보며 이하는 자신도 모르게 고개를 저었다.

그렇게 힘들게 공략 방법을 찾아내고, 새로운 재료로 무기를 만들어 내 겨우 상대했던 수장룡이 아니던가.

그러나 프라 크라벤의 입장에서는 상어가 먹어 치우는 정어리 떼 이상의 의미가 없었다.

—하이하 님.

—아, 네?

—펠리페 2세가…… 울고 있습니다.

—엥?

갑자기 들려온 귓속말에 이하는 뒤를 돌아보았다.

잠항 선박의 창에는 주요 NPC들이 모두 모여 있었다. 그들의 가운데에 있는 펠리페 2세는 체면도 차리지 않고 눈물을 흘리며 밖을 보는 중이었다.

뛰어난 AI가 장착된 NPC의 눈물을 보며 이하는 어쩐지 푸근한 마음이 들었다.


―감격의 눈물이겠죠?

―크라벤의 혈통으로서 이제야 제 몫을 다한 것 같다고 말하고 있군요.


그 몫을 다할 수 있었던 게 누구 덕분인가.

드레벨은 굳이 거기까지 말하지 않았지만 이하도 충분히 이해할 수 있었다.

이제 펠리페 2세는 수장룡들을 학살하는 프라 크라벤에게서 눈을 돌려 이하를 바라보고 있었기 때문이다.

놀라운 일은 그다음에 벌어졌다.

펠리페 2세는 자신의 머리 위에 쓴 함장 모자를 벗고 이하를 향해 고개를 숙여 보였다.

왕자를 포함하여 선박 내부의 모든 NPC들이 당황하여 국왕을 말리려 했으나 펠리페 2세는 결코 허리를 펴지 않았다.

펠리페 2세가 거의 90도에 가까울 정도로 지극한 감사 인사를 한 상황에서, 다른 NPC들은 어떻게 해야 할까.

이제 잠항 선박 내에서 이하와 눈을 마주칠 수 있는 사람은 없었다.

왕자를 포함하여 잠항 선박에 있는 모든 NPC들과 유저 드레벨이 이하에게 예를 갖췄다.

이하는 싱긋 웃으며 그들을 향해 작게 고개를 숙여 보였다. 이하의 몸에서 빛이 나고 있었다.


[레벨이 올랐습니다.]

[레벨이 올랐습니다.]

[약속: 프라 크라벤과의 약속 - 2 퀘스트를 완료하였습니다.]

[바다에는 경계선이 없다 업적을 획득하였습니다.]

[프리, 프라 크라벤! 업적을 획득하였습니다.]

[심해의 지배자, 일 모레이의 먹잇감 업적을 획득하였습니다.]

[크라벤의 명예 해군 함장 업적을 획득하였습니다.]

[크라벤 왕실과의 친밀도가 35% 상승합니다.]

[대륙 공통 명성치 400이 상승합니다.]

[크라벤 왕국 국가 공적치 1,000이 상승합니다.]

크라벤의 수도에 있는 전략 항구는 바삐 돌아가고 있었다.

전열함을 포함한 범선과 갤리선 등은 출항을 위한 최종 준비를 마쳐야 했기 때문이다.

"일주일 안에 초기 항로 개척을 위한 물자 준비를 끝내야 한다!"

"해역의 날씨가 잔잔해졌다지만, 수장룡들에 의한 방해가 없어졌을 뿐이다! 네 녀석들이 조금이라도 방심하면 바다의 아버지는 우릴 용서하지 않을 거야!"

이하는 그 모습을 보며 웃었다.

펠리페 2세는 과연 보통의 NPC가 아니었다.

프라 크라벤은 수장룡들을 전부 정리한 후, 이하와 잠항 선박을 향해 다가왔었다.

'설마 프라 크라벤과 대화를 할 수 있을 줄이야.'

크라벤 왕가 혈통의 힘. 펠리페 2세는 잠항 선박의 창 너머로 프라 크라벤과 교류에 성공했다.

단순히 대화만 하는 데 그치지 않았다.

크라벤은 프라 크라벤을 위한 공물을 주고, 프라 크라벤은 크라벤의 선박들이 남방 해역을 탐험할 때 수장룡에게 공격받지 않도록 보호해 준다는 약속까지 받아 냈다.

그 와중에도 이하가 우려했던 것은 크라벤이 프라 크라벤을 전략 자산으로 사용할 가능성이 있다는 점이었다.

만약 프라 크라벤을 활용하여 퓌비엘의 모든 항구를 막아 버린다면?

추후 〈신성 연합〉이 해체되고 다시금 국가 간 긴장 상태가 발동되었을 때 프라 크라벤의 존재는 이루 말할 수 없을 정도로 큰 비중을 차지하지 않겠는가.

"그나마 이게 다행인가?"

### 〈업적: 바다에는 경계선이 없다(S+)〉

축하합니다! 당신은 바다의 평화를 수호하는 생명체 중 하나로부터 인정받았습니다. 자연적인 먹이사슬을 제외하고, 인위적으로 바다를 어지럽히는 존재들을 증오하고 배척하는 그들은, 모든 바다가 하나로 또한 평화로 이어지길 기대하고 있습니다. 향후 당신이 힘을 보탠 [로페 대륙 남방] 해역에서는 인위적인 전투와 전쟁이 일어날 수 없게 될 것입니다. 물론 그곳을 수호하는 생명체를 우습게 보는 자는 마음대로 행동할지 모릅니다. 다만 그 뒷감당은 반드시 해야 하겠지요.

보상: 스탯 포인트 30개

[로페 대륙 남방] 해역 수호 생명체를 통한 당 해역 전쟁 중재 요청

[로페 대륙 남방] 해역 수호 생명체 접근 권한

〈바다에는 경계선이 없다〉 업적의 첫 번째 등록자입니다.

업적의 세 번째 등록자까지 명예의 전당에 기록이 되며, 기존 효과의 200%가 추가로 적용됩니다.

효과: 스탯 포인트 60개

프라 크라벤은 애초에 로페 대륙 남방 해역을 벗어나지 않을 것이다.

그곳에서 설령 크라벤과 퓌비엘의 해군이 맞서더라도 크라벤의 편을 들지 않을 것이다.

'아니, 애초에 펠리페 2세가 살아 있는 한, 로페 대륙 남방 해역에서 싸울 엄두도 안 내겠지.'

프라 크라벤이라면 양쪽 해군 모두를 침몰시켜 버릴 능력이 있고 또한 그럴 의지를 지니고 있다.

그 사실을 뻔히 아는 크라벤 해군이 해당 해역에서 싸움을 벌이는 멍청한 짓을 할 리는 없고, 그 사실을 모르는 퓌비엘 해군이라도 적이 그곳에 없으니 싸우지 못할 것이다.

'놀라운 건 그게 아니야. 전쟁이 벌어지지 않게 대충 수습할 거라는 건 어차피 예상했던 일이다. 진짜 놀라운 건 이런 보상이 아니라……'

업적에 붙은 보상이 아니라 업적 '그 자체'에 이하는 놀랄 수밖에 없었다.

'업적에 나오는 대괄호! 이건 분명히— 다른 모든 문구가 똑같고, 해당 문구만 바뀔 수 있는 업적들에서 나오는 건데……'

저렇게 콕 집어 [로페 대륙 남방 해역]이라는 표현을 대괄호 안에 한 이유는 무엇인가.

[뭉?]

"아마 젤라퐁, 너희들이 지키는 거겠지? 여명의 바다 해역…… 아니면 로페 대륙과 에리카 대륙 사이의 해협이라고 불러야 하나? 로페 대륙 동부 해역? 흐흐. 아! 서펜트들이 그 거였을 수도 있겠네."

저런 해역이 몇 개는 더 있다는 뜻이고, 프라 크라벤처럼 해 당 해역을 지키는 수호신과 같은 생명체가 존재하고 있다는 의미다.

로페 대륙의 동부이자 에리카 대륙을 가기 위한 바다, 그곳 의 바다를 지키는 게 바로 [해신]과 인어, 용궁의 생명체들과 서펜트가 아닐까.

'해신은 애초에 물의 정령왕이라 봐야 하고, 근처에 그 곰치 같은 몬스터가 없었으니 이것과 같은 업적이 뜨지 않았겠지.'

이하는 어렴풋이 알 수 있었다.

로페 대륙의 남부와 동부의 '수호 생명체'는 확인되었다. 그 렇다면 서부와 북부는?

이하는 크라벤의 남쪽 바다를 바라보았다.

당연히 항구에서 보일 정도로 가까운 거리는 아니었으나, 그곳에서 휘몰아치던 거센 파도와 비바람은 이제 멎었다.

크라벤의 배들이 본격적으로 항로 개척을 실시한다면 아마 그 바다 너머에서 또 다시 새로운 모험은 시작될 수 있을 것 이다.

아직도 게임의 볼륨이 한참 더 남았다는 생각이 들자 이하 는 어쩐지 아찔한 느낌을 받았다.

어차피 지금 당장은 그런 게 중요한 일은 아니었다.

"정말 그대로 가실 겁니까."

"네, 가야죠. 제가 크라벤에 더 있어서 뭐 하겠어요."

"아쉽습니다, 하이하 님. 펠리페 2세도 하이하 님이 남방 해역 탐험에 참여해 주시길 그리 원하시는데……."

드레벨은 아쉬움에 헛헛한 웃음을 보였다. 이하 또한 드레벨을 보며 미소 지었다.

"저야말로 드레벨 씨가 크라벤의 퀘스트보다 마왕의 조각들을 처리하는 일에 도움을 주셨으면 하는걸요."

"저는 하이하 님과 달리……."

"네, 대충 알고 있습니다. 퀘스트를 거부하실 수 없는 거겠죠."

지금 이 자리에 펠리페 2세가 없는 이유가 바로 그 이유였다.

크라벤으로 복귀하자마자 펠리페 2세는 이하에게 자신의 의향을 전달했다.

**[약속: 미지의 세계를 향해 가겠다는―3]**

―수락하시겠습니까?


그리고 이하는 해당 퀘스트를 거절했다.

준비되는 대로 남방 해역 항로 개척을 향해 떠나 달라는 펠리페 2세의 말은, 현재 〈신성 연합〉의 결전을 앞에 둔 이하로서는 도저히 받아들일 수 없는 것이었으니까.

"그래도 친밀도가 많이 떨어지시진 않았나 봅니다."

"뭐, 서로 아쉬움은 조금 남겠지만— 여전히 귀빈 취급을 해 주고 있으니까요."

"하핫. 맞습니다. 하이하 님을 적으로 둬선 안 된다는 걸 저 펠리페 2세가 모를 리 없겠죠."

드레벨은 시원하게 웃고는 이하에게 손을 내밀었다.

이하도 그의 손을 맞잡았다.

드레벨은 웃음을 그치고 이하에게 말했다.

"제가 도움을 드릴 수 있는 일이 있다면 언제든 불러 주십시오."

"크라벤의 특급 비밀인— 잠항 선박의 기관장이 하실 말씀은 아닌 것 같은데요?"

"저는 일개 기관장, 하이하 님은 명예 해군 함장이신걸요. 괘념치 말고 불러 주시길."

이하가 농담을 던지자 드레벨도 미소 지으며 답했다.

이하도 미소로 그에게 답하며 두 사람은 조약(條約)과도 같은 악수를 끝냈다.

그리 긴 건 아니었으나 진한 여운을 남기며, 이하의 크라벤 일정이 모두 종료됐다.

Geschoss 6.

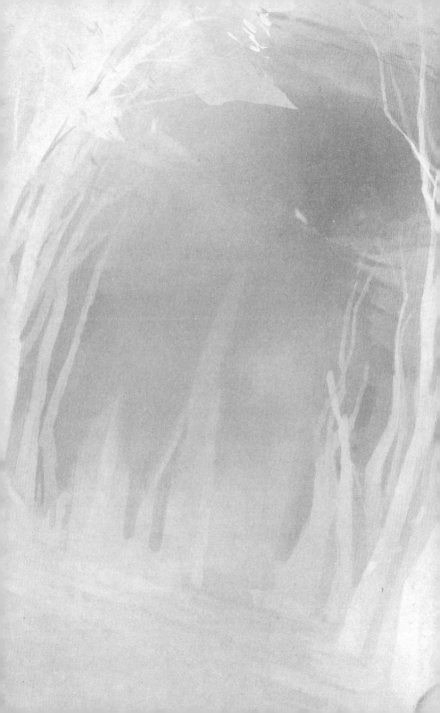

"흐음, 그래서 크라벤의 명예 해군 함장이니 어쩌고니 말하면서 도와준다고 했단 말이야?"

"그렇다니까. 드레벨이라고 나름대로 랭커던데? 33위."

"크라벤의 드레벨……. 예전에 조사는 했던 인물인데. 그렇게 붙임성이 좋았던 건 아니었단 말이지."

람화연은 턱을 괸 채 고개를 갸웃거렸다. 이하는 람화연이 뭘 모른다는 듯 비웃으며 업적 창을 열었다.

### 〈업적: 크라벤의 명예 해군 함장(S+)〉

축하합니다! 당신은 명실공히 크라벤 왕가로부터 진정한 바닷사람임을 인정받았습니다. 크라벤의 왕가는 자국민이 아니어도 바다에서 압도적으로 뛰어난 능력을 증명한 자들을 포섭하기 위해 노력하고 있습니다. 당신은 '명예 해군 함장'이라는 직위처럼, 위급 시 크라벤의 어떤 도시, 어떤 항구에서라도 선박 한 척을 대여할 수 있으며, 항행 시 크라벤 왕국 소속 항구에 언제든 정박할 수 있습니다. 크라벤이 원하는 것은 무엇이냐고요? 아무것도 없습니다. 당신은 크라벤의 명예 해군 함장이니까요.

　　보상: 스탯 포인트 30개

　　　　　(선박 보유 시) 크라벤 왕국 소속 항구 정박 가능

　　　　　(선박 미보유 시) 크라벤 왕국 소속 도시에서 선박 대여 가능(1척 제한)


　〈크라벤의 명예 해군 함장〉 업적의 두 번째 등록자입니다.

　　업적의 세 번째 등록자까지 명예의 전당에 기록이 되며, 기존 효과의 200%가 추가로 적용됩니다.

　　효과: 스탯 포인트 60개


　"크흐흐, 내가 명예 해군 함장이니까! 무료로 도움을 받을 수 있다는 말이지. 캬아, 화연이 너도 봤어야 했는데. 어디 다른 국가 소속 유저들 만나면 순 이기적이고 계산적인 사람들만 보다가…… 그렇게 깨끗한 사람 만나니까 내 기분이 다 좋더라."

　　이하는 업적을 설명하며 흥분한 채 말했다. 드레벨이 이하를 돕고자 하는 이유는 여전히 같았다.

이하가 구플의 직원이라 믿고 있었기 때문에…….

즉, 이하가 만난 사람들 중 가장 계산적이고 이기적일지도 모르건만, 당사자는 꿈에도 그런 생각을 하지 못하고 있는 셈이었다.

그것은 람화연도 마찬가지였다.

"유저가 그러는 건 신기하네."

"응?"

"바보. 크라벤이 정말 아무 대가 없이 배를 내주고 항구를 내어 줄 것 같아? 항구 도시에서 항구가 제압당하는 게 얼마나 큰일인 줄 몰라? 그러한 권한을 주는 것 자체가, 하이하 당신이 크라벤의 호의를 이용하는 것 자체가 양심과 공정성을 자극하는 거라고. 그 문구에 나온 것처럼 [당신을 포섭하기 위해서] 말이야."

"어, 어? 이 업적이 그런 의미를 갖고 있다고?"

람화연은 고개를 끄덕였다.

업적이 지니고 있는 함정을 완벽하게 읽어 낸 상태였으나 그녀로서도 여전히 이해가 되지 않는 부분이 있었다.

"그래. 하지만 그건 NPC에게나 해당되는 거지. 크라벤 왕가의 NPC들. 유저가 그런 식으로 써먹을 수는 없을 것 같은데……. 왜 그런 걸까."

이하는 잠시 말을 잇지 못했다. 펠리페 2세가 통찰력 뛰어난 NPC라곤 하지만 역시 진짜 인간에게는 당할 수 없는 법일까.

뛰는 NPC 위에 나는 인간, 그리고 나는 인간 위에는 나는 드래곤도 있었다.

"하이하 님이 대단하다는 걸 순수하게 깨달은 인간이라는 뜻이지. 당연한 것 아닌가."

"……네, 네. 그렇다고 치죠."

"음? 무슨 태도지?"

"아뇨. 저도 맞는다고 생각하니까요."

이하를 향한 맹목적인 믿음을 보이는 블라우그룬을 보며 람화연은 푸근한 미소를 지었다.

NPC가 이하에게 보이는 이러한 태도는 여자 친구인 자신의 기분도 좋게 만들기에 충분했다.

"아 참, 그래서? 그게 다야?"

"아니, 업적 두 개 더 얻은 건 있지. [프리, 프라 크라벤!]이랑 [심해의 지배자, 일 모레이의 먹잇감]. 둘 다 초대형 생명체와 거대 몬스터들에 관한 거야."

이하가 업적 창을 다시금 확인하려 하자 블라우그룬이 재빨리 말을 걸었다.

"하이하 님! 서운합니다! 그런 생명체가 있는데 저를 불러주시지 않다뇨."

"그, 그니까요. 나도 나중에 생각났어요. 급한 일 끝나면 같이 가요."

"정말이죠? 이번엔 꼭 같이 가는 겁니다?!"

"응. 블라우그룬 씨랑 같이 안 가면 어차피 내가 죽을 것 같거든요."

초대형 곰치의 이름은 바로 '일 모레이'였다.

네임드 몬스터라는 건 당연히 알 수 있었지만 업적에 나온 설명은 살벌하기 그지없었다.

'[심해를 기어 다니는 뱀과 같은 생명체는 당신을 결코 잊지 않을 것입니다, 어느 해역, 어느 바다, 어느 깊이에 있던지 간에……] 아주 협박을 해라, 협박을 해.'

내장이 뭉개지고 머리를 관통당하고도 살아남은 몬스터가 갖고 있는 분노는 어느 정도일까.

이하는 앞으로 〈인어화〉를 쓰더라도 바다에서는 200%의 경계를 갖춰야겠다고 다짐했다.

"그나저나 대단하네. 삐뜨르는 아직도 발견 못 한 거야?"

이하가 람화연과 블라우그룬 곁에 온 이유는 비단 자신의 성과를 자랑하기 위해서만은 아니었다.

라르크와 신나라 덕분에 삐뜨르가 파우스트 암살 의뢰를 수락한 사실은 이미 알고 있었고, 삐뜨르가 신대륙 중부를 지나 동부로 진입했다는 소식도 진작 들었기 때문이었다.

그러나 시간이 제법 흘렀음에도 하우스하우스의 그 어떤 시야에도 삐뜨르의 모습은 잡히지 않고 있었다.

"응. 괜히 암살자 1위가 아니야. 하긴, 삐뜨르도 하우스하우스에 시야 공유 기능이 있다는 걸 알지도 모르지."

람화연은 삐뜨르가 어떤 성과를 내는지 직접 확인하고 싶어 했으나, 그것은 불가능에 가까운 일이었다.

이하는 삐뜨르가 하우스하우스의 기능을 알고 있을 거라는 람화연의 말에 잠시 고개를 갸웃거렸다.

"응? 어떻게 그걸 알 수 있지?"

"마왕의 조각들은 알고 있었잖아. 과거 엘리자베스와 브라운? 그 사람들은 하우스하우스가 수송 용도라는 걸 이미 알고 있었다며? 감시 기능까지 100% 파악했을지는 모르지만 그들과 함께 있던 NPC가 카즈토르였다는 걸 생각해 본다면— 그리고 카즈토르가 푸른 수염과 어느 정도 손을 잡았던 사실이 있으니까……. 그 정도 AI들이라면 하우스하우스라는 괴생명체가 뜬금없이 신대륙 동부에 있다는 걸 의심하지 않았을까?"

"……말도 안 된다는 생각이 들면서도 말이 된다는 생각이 드네. 허, 참. 그럼 마왕의 조각들이 이미 그걸 알고 있고— 그 사실을 파우스트를 비롯한 마왕군 유저들이 알고 있으니까……."

"그 말이 새어 나가서 삐뜨르의 귀에까지 들어갔을지도 모른다는 거지. 어쨌든 유저와 NPC 통틀어 최강의 암살 집단의 수장이잖아. 들어오는 정보도 한두 개가 아니겠지."

람화연은 '푸른 수염이 하우스하우스의 기능을 인지하고 있다는 점'과 '파우스트가 이끄는 몬스터들이 하우스하우스의 시야에 자주 노출되지 않는다는 점' 두 가지의 정보를 기준으로 일련의 상황을 예측했다.

삐뜨르가 잡히지 않고, 파우스트 등이 쉽게 잡히지 않더라도 감시를 그만둘 수는 없었다.

어쨌든 몬스터들의 동태를 살필 필요성을 알고 있었기 때문이다.

이하는 다시 한 번 람화연의 활약에 놀랐다. 이런 수준의 '백업'을 받을 수 있다면…….

"내가 갈까?"

"뭐? 미친 짓이야. 지금 저것들을 뚫고 간다 해도 쉬운 일이 아니라고."

때마침 화면에는 '미니 토온' 한 마리가 모습을 드러내고 있었다. 머리에 뿔이 달린 거대 몬스터를 가리키며 람화연은 이하의 제안을 일축했다.

그러나 이하도 쉽게 물러서지 않았다.

"하지만 역시 암살은 저격이라고. 애초에 저격수의 존재 의의니까. 무엇보다 나도 마음만 먹는다면 저런 모든 몬스터들한테 들키지도 않고 다가갈 수 있어."

아직 보여 주지 않은 스킬도 있다.

마왕군이 꿈에서도 상상 못 할 스킬은 몇 개쯤 더 남았다.

아니, 어쩌면 '스킬' 따위를 사용하지 않고서도 저것들을 처리할 수 있을 것이다.

당연히 이하는 파우스트를 죽일 자신이 있었다. 그 점에 대해선 람화연도 인정했다.

문제는 바로 그 '이전의 상황'일 뿐이다.

"파우스트 찾을 수 있어?"

"쩝……. 그래서 혼자는 좀 그렇고— 삐뜨르가 움직일 때 같이 움직이면 어떨까, 생각해 본 거지."

암살 대상의 위치를 확인하는 것.

그것만큼은 이하가 나서서 어떻게 할 수가 없지 않은가.

그러나 삐뜨르도 이미 시야에서 사라진 이상 그에게 함께하자는 제안을 건넬 수도 없었다.

람화연은 이하를 바라보며 말했다.

"당신이 조급해하는 것도 이해는 하지만……. 지금은—."

"시켜볼 때라는 거, 나도 알아."

이하는 빠르게 답했다. 람화연이 잠시 놀란 눈을 했으나, 그녀는 곧 고개를 끄덕였다. 더 이상 말은 잇지 않았다.

기다림에 대해서라면 이 자리에 있는 누구보다 잘 아는 게 바로 이하다.

"지금은…… 기다릴 때지."

성급하게 방아쇠를 당기면 저격수의 위치만 드러나게 된다. 우선은 기다려야 한다.

그러나 그냥 기다리는 게 아니다.

"그럼 나는 에윈 총사령관한테 다녀올게."

이하가 블랙 베스를 들어 올리며 말했다.

"응? 갑자기 왜?"

"준비할 게 있어."

언제나 다음 포지션으로 이동할 준비를 해야 한다.

어떤 상황이 오더라도 대처할 수 있는 상태를 만들어 놓아야 한다.

이하는 그 이상 말하지 않았고 람화연도 그 이상 묻지 않았다.

삐뜨르가 일말의 성과라도 가져오려면 적어도 며칠 이상이 걸릴 것이다.

'그사이 에윈 총사령관에게 얘기를 끝내 놓고…… 에즈웬으로 간다. 베르나르 씨와 담판을 지어야겠어. 이번에 한 일들을 말하며―.'

짧은 텀이지만 그사이 자신이 할 수 있는 최선의 일을 하는 것.

저격수의 기다림은 일반적인 기다림과 다르다.

'―크툴루 퀘스트도 클리어해야지.'

이하는 수정구를 가동시켰다.

블라우그룬이 잠시 이하를 바라보았지만 이하는 그에게 함께 가자는 말을 하지 않았다.

〈신성 연합〉의 유저들이 제각기 자신의 자리를 지키길 며칠이 지날 즈음, 신대륙 동부의 깊숙한 곳에서도 마침내 제 할 일을 하기 시작한 유저가 있었다.

"부히히힛……. 쇼는 관객이 있을 때 하는 거지만—."

삐뜨르는 그늘 아래에 몸을 숨기며 고개를 들어 보았다. 하우스하우스가 지나가고 있었다.

"—암살은 관객이 없을 때 하는 거지."

〈미드나잇 서커스〉의 단장은 미소 지었다. 그늘 속에 있던 그의 신체는 한순간에 사라졌다.

라르크와 신나라가 의뢰를 맡긴 지 6일째가 되는 날이었다.

"저게 무슨 CCTV 용도라면서?"

"젠장할, 마왕군 들어온 지 벌써 석 달이 넘었는데 저게 그런 용도라는 것도 이번에 처음 알았어. 아니, 그럼 저건 누가 설치해서 써먹는 건데?"

"하이하라잖아, 하이하."

"그 인간은 뭐 신이야? 재수 없게. 혼자 게임하나."

마왕군 소속 유저 두 명이 나무 밑에 숨어 투덜거렸다.

나름대로 마왕군으로 전향한 지 오래되었건만, 그들에게는 여전히 처음 듣는 정보들이 많았다.

숨어 있는 건 비단 유저들만이 아니었다.

"크르르르르……."

"너까지 날 무시하냐? 맨티코어고 지랄이고! 나도 레벨 277

마탑의
사수

이야!"

맨티코어 한 기와 주변에 있는 키메라가 총 열둘.

맨티코어가 작은 울음소리를 내자 울분이 쌓여 있던 마왕군 유저는 맨티코어를 향해 완드를 휘둘렀다.

콧잔등을 맞았음에도 맨티코어는 유저에게 아무런 위해도 가하지 않았다.

파우스트는 경계와 혼란을 주어야 하는 유저들.

즉, 현재 지상으로 파견 나가 있는 유저들에게 몬스터들 몇몇을 관리할 권한을 준 상태였기 때문이다.

"그랬다가 괜히 덤비면 어쩌려고 그래?"

"이 정도도 못 이기겠냐? 아휴, 가끔은 답답해서 이 짓거리도 다 때려치우고 싶다니까. 마왕군 쪽으로 오면 한몫 잡을 줄 알았더니, 파우스트만 노났지……. 그리고 그 따까리들도—."

"쉿! 메데인과 칼리 뒷담화 깠다가 '로스 세타스' 애들이 그놈을 찾아서 찢어 죽였다는 얘기 못 들었어?"

비교적 침착한 유저 한 명이 투덜대는 유저의 입을 막았다.

자신의 입을 막은 손은 재빨리 떼어 냈으나 그 또한 더 이상 불평을 터뜨릴 순 없었다.

그도 침착한 유저가 말해 준 사건을 잘 알고 있기 때문이었다.

마음속으로 메데인과 칼리의 욕을 하려던 순간, 그들의 곁에 있던 덤불에서 묘한 소리가 들렸다.

바스락.

"누, 누구냐!"

"우리 아무 얘기도 안 했어!"

제 발이 저려 부인부터 하고 보는 유저들이었으나, 상황은 곧 바뀌었다.

"쿠루루룩—."

"부게에에에……."

맨티코어를 비롯한 키메라들이 그곳을 경계하는 게 그 증거였다. 같은 마왕군 소속이라면 이들은 이렇게 반응하지 않는다.

'아니, 애당초 지정받은 장소들이 있어. 뜬금없이 우리 쪽 경계점으로 넘어올 리는 없다. 신대륙 동부에는 짐승들도 별로 없어. 그렇다면—.'

유저들은 눈을 마주쳤다.

몬스터가 되었든 무엇이 되었든, 같은 편은 아니다.

"〈다크니스 블라인드〉."

"〈본 스피어〉."

그들은 스킬을 캐스팅하며 천천히 걷기 시작했다. 아직 달리면서 캐스팅을 할 정도의 실력이 없기 때문이었다.

키메라들은 그들보다 앞으로 슬금슬금 나아가며 그들을 호위했다.

오직 맨티코어만이 유저들보다 뒤에 있을 수 있었다. 키메라를 만들어 내는 맨티코어는 가장 먼저 보호해야 할 자원이었으니까.

꿀꺽.

키메라들이 마침내 덤불 근처까지 다가갔을 때.

"하압!"

"핫!"

본 스피어가 그곳을 향해 쏘아져 나갔다. 뼈의 창이 덤불을 꿰뚫는 순간 그곳에서 무언가가 튀어나왔다.

뽀오오오옹—!

다른 유저는 즉시 '상태 이상: 실명'의 효과가 있는 다크니스 블라인드를 사용했다.

스킬은 분명히 적중했다.

"응? 뭐야?"

"……이게 뭐지? 스프링? 장난감?"

그러나 적중된 대상이 생명체가 아니라는 게 문제였다.

그들은 잠시 고개를 갸웃거렸다. 이런 곳에 왜 스프링 장난감이 있는 걸까.

튀어나온 스프링 장난감은 유저들을 골리듯 좌로, 우로 흔들리고 있었다. 불평이 많았던 유저가 그것을 완드로 툭, 툭 건드려 보았다.

"……〈라퓨타〉인지 나발인지, 〈신성 연합〉 놈들이 그쪽으로 갈 때 흘린 건가?"

최근 들어 누군가가 놓고 갔을 리는 없다.

신대륙 동부에 들어선 자가 없다는 건 마왕군 모두가 알고 있는 사실이다. 그러나 그 추리에도 구멍은 있었다.

"장난감을? 아니, 이런 장난감을 누가 갖고 다닌다고?"

"나야 모르지. 대장장이? 음…… 근데 보통 아이템을 드랍해 놓으면 얼마 정도 있다가 사라지지? 일주일이던가? 계속 이렇게 남아 있을 리가 없는데."

"그러니까. 이런 독특한 취향의 아이템은 어디서 구하는지도—……. 아?"

그 순간, 유저들의 머릿속에 무언가가 떠올랐다.

독특한 취향의 장난감.

덤불 속에서 갑자기 튀어 오르며 사람들을 놀라게 하는 행위.

이런 짓을 할 만한 사람이 미들 어스에 몇 명이나 있을까.

〈신성 연합〉 쪽에서 이곳에 놓고 간 아이템이라고는 생각할 수 없다.

애당초 그들이 지나간 시점이 벌써 한참 전이며, 그들의 '진지한 성향'을 고려한다면 이런 장난 같은 일을 벌이진 않을 테니까.

그렇다면? 그다음으로 생각나는 건?

마탑의<br>사수

조금 전까지 자신들이 있던 방향에선 아무런 소리도 들리지 않았다. 그것 또한 이상한 일이었다.

맨티코어의 크르릉, 거리는 소리는 어디 갔을까.

점차 확대되던 동공의 두 사람은 고개를 돌렸다.

"부히히히힛! 서프라이즈————————!"

그곳에는 난도질당해 잿빛으로 변한 맨티코어와, 그 사체 위에 앉아 있는 삐뜨르가 있었다.

"삐—."

키메라 일곱이 죽었다.

"—뜨—."

나머지 키메라 모두를 포함하여, 불평이 많은 마왕군 유저가 죽었다.

"—르?"

"〈마인드 마리오네트〉."

자신의 이름을 부르는 그 짧은 찰나, 〈미드나잇 서커스〉의 단장은 자신이 가진 힘을 모두 보여 주었다.

살아남은 침착한 마왕군 유저는 재빨리 귓속말을 보내려 했으나 그것은 불가능했다.

벌써 자신에게 걸린 상태 이상은 네 개.

귓속말을 할 수 없다, 일정 데시벨 이상의 소리를 낼 수 없다, 움직일 수 없다.

그나마 움직이는 것은 눈동자.

그 눈동자는 '목이 떨어져 나간' 불평이 많았던 유저를 향했다.

몸과 머리가 분리된 상태라면 죽은 게 확실하겠지만 그 사체는 잿빛으로 변하지 않고 있었다.

"어떻게……. 사망 판정이—."

미들 어스의 저 신체를 플레이하는 유저는 로그아웃되어 현실로 돌아갔을 것이다.

그러나 미들 어스 안에서 '저 신체'는 죽지 않았다는 뜻이다.

그 순간, 침착한 유저는 삐뜨르가 무슨 짓을 했는지 알 수 있었다.

"아……."

누군가를 죽이면 그와 친구 추가 되어 있는 유저가 파악할 수 있다. 그리고 두 사람을 다 죽이면 비밀을 캐낼 수 없다.

물론 자신은 삐뜨르가 죽인다며 협박하더라도 진실을 말하지 않을 수 있다.

일반적인 유저들이라면 누군가에게서 정보를 빼낼 때 그런 점이 걸림돌이 될 수밖에 없다.

"그래서 이런 스킬을……."

따라서 자신에게 걸린 스킬, 〈마인드 마리오네트〉가 어떤 역할을 할지는 명백했다.

네 번째 상태 이상이 바로 그 증거였다.

[상태 이상: 자백에 걸렸습니다.]

[거짓말을 할 수 없게 됩니다.]

[시스템상 당 유저가 인지할 가능성이 있다고 입력된 정보와 다른 키워드를 발설할 시, 스킬 시전자와 스킬 적중자 모두 3초간 전기 충격이 적용됩니다.]

[스킬 시전자와 스킬 적중자 모두 동화율이 85%로 일시 변경됩니다.]

[스킬 적중자가 스무 번을 초과한 전기 충격을 받게 될 시, 매 한 번마다 스킬 적중 캐릭터에 강력한 제재가 가해지게 됩니다.]

다만 대상만 고통 받는 게 아니다. 자신이 거짓말을 하면 삐 뜨르도 데미지를 받게 된다.

'그렇겠지. 이렇게 엄청난 스킬에— 이런 말도 안 되는 사기 스킬에 페널티가 없을 수는 없어. 21번째 전기 충격을 하면 나만 페널티를 먹으니까……. 20번까지는 어떻게든 버텨 볼까?'

침착한 유저는 잠시 동안 각오했다.

전기 충격에 데미지가 있다면 20번 안에 자신과 삐뜨르, 어쩌면 둘이 같이 죽을 수 있게 되지 않을까?

또는 삐뜨르가 먼저 고통에 굴복하여 스킬을 해제하지 않을까?

그러나 곧 그 생각은 접어야만 했다.

"부히히히……. 자아~ 목숨을 건 스무고개를 시작해 볼까나~? 네 목숨과 나의 목숨 중 어떤 게 더 빨리 꺼질까? 부힛, 부히히힛! 고통과 쾌락은 결국 하나라는 걸 안다면 이런 스킬이야말로 미들 어스를 플레이하는 참맛임을 알게 될 텐데!"

웃고 있는 미야우의 '변태'와 고통으로 맞서는 건 불가능하리라.

———————————……

약 7초 후, 두 사람에게 첫 번째 전기 충격이 가해졌다.

침착한 마왕군 유저는 자신이 아는 모든 걸 털어놓을 수밖에 없었다.

시티 페클로는 한껏 고무된 분위기였다.

마왕군 소속 유저들은 처음으로 쟁취한 승리의 기쁨을 오래도록 맛보고 있었다.

파우스트가 그들에게 준 보상이 결코 적지 않았기 때문이다.

"칼라미티 레기온은 숨기지 않아도 되겠습니까, 파우스트 님."

"상관없어. 저것들을 숨기는 게 오히려 저들을 자극하는 일이 될 테니까. 우리가 칼라미티 레기온을 영구 지속적으로 통제할 수 있다는 걸 보여 줘야 드래곤들이 오지 않을 거야."

"큭큭……. 실제로 그렇게 통제할 수 있지 않으십니까."

"그래서 재미있는 거지. 지금 저걸 허장성세라 생각하고 메탈 드래곤들이 몰려온다면—."

"〈신성 연합〉에서 줄초상을 치르겠군요."

하우스하우스가 어떤 용도인지 알고 있긴 하지만 파우스트와 마왕군이 완벽한 은신 스킬이 있는 것도 아니다.

반드시 그들의 모습이 노출될 때는 있어야 했으나 오히려 파우스트는 그런 점을 역으로 활용, 일부러 칼라미티 군단과 2세대 마왕군 등을 노출시키는 전략으로 방향을 바꾼 상태였다.

만족스럽게 웃던 리자디아는 두 명의 인간에게 물었다.

"'넥스트 제너레이션'끼리 합성하는 건 여전히 성과가 없는 건가."

파우스트의 물음에 메데인과 칼리는 동시에 고개를 저었다.

"약물 반응이 일어나질 않습니다."

"스킬도 마찬가지입니다. 아예 두 생명체를 같은 시약으로 녹이고 주물 틀에 넣어 보기도 했습니다만……."

2세대 마왕군은 괜히 탄생한 게 아니다.

미들 어스에 흔한 아이템들을 적극 활용해 마약을 조제해 낸 메데인과 칼리의 기술이 있었기에 가능했다.

파우스트는 거기서 한발 더 나아가기 위해 그들에게 여러 가지 지시를 해 놓았으나 별다른 성과는 얻어지지 않고 있었다.

"음…… 아무래도 시스템상 두 번의 합성은 불가능하게 만들어 놨을지도 모르겠군. 뭐, 상관없어. 칼라미티 군단이 있는 이상 이 고착 상태는 오래도록 갈 것이고……"

"흐흐, 또 하나의 패가 있지 않습니까."

"그렇지. 그들이 활약을 시작하게 된다면 백작님이 말씀하신— 아니, 푸른 수염이 말한 기간을 버티는 건 식은 죽 먹기나 다름없지."

그래도 그는 초조해하지 않았다.

지금까지 기다린 기간, 마왕군 소속 유저들의 머리 꼭대기에 올라서기 위해 지금까지 투자한 시간과 노력에 비하면 이 정도는 아무것도 아니다.

'일단 내가 모습을 드러내지 않아야 한다는 게 중요하다. 닥터 둠 '루비니'급은 아니지만……. 우리 쪽에도 오라클 직업 소속 유저들이 있다는 게 다행이지.'

칼라미티 군단과 2세대 마왕군을 진격시킬 때에도 파우스트는 굳이 모습을 드러내지 않았다.

절대적으로 안전하다고 할 수 있는 진지에서만 명령을 내렸는데, 다른 마왕군 소속 유저들과 그가 다른 점은 바로 그것이었다.

'……놈들은 루거와 키드밖에 겪어 보지 못했으니까.'

칼라미티 군단이 투입되기 전, 2세대 마왕군의 투입과 동시에 시작된 게 바로 루거와 키드의 반격이었다.

키드의 바람과 같은 움직임도 매우 위협적이었으나 마왕군 소속 유저들에게 깊이 낙인된 건 역시나 루거의 포격이었다.

저 멀리서 옅은 빛깔을 내는 파란 점 하나.

거기서부터 시작된 포격이 도대체 얼마나 큰 타격을 주었던가.

그러나 파우스트는 달랐다.

'루거의 포격 따위로 벌벌 떠는 자식들이 뭘 안다고. '진짜'는 보이지도 않아……. 하이하의 공격은— 인식했을 때는 이미 로그아웃된 후라고.'

파우스트조차도 직접적으로 이하의 공격을 경험한 적은 없다.

과거 로페 대륙에서 이하의 총에 맞은 적은 있지만 그것은 '저격'이 아니었다.

그러나 간접적인 경험을 한 것만으로도 그의 뇌리 깊은 곳에서는 이하의 두려움이 아로새겨지기에 충분했다.

"전방에 경계 나가 있는 놈들이 풀어지지 않도록 똑똑히 교육시켜."

파우스트는 다시 한 번 두 사람에게 강조했다. 메데인과 칼리로서는 어리둥절한 말일 뿐이었다.

"네? 물론— 그렇게 하고 있습니다. 미들 어스 시간으로 이틀 반나절마다 교대하며 물 샐 틈 없는 경계를 시키고 있습니다."

"시티 페클로의 위치를 노출시키지 않으려 일부러 짠 진형인걸요. 설령 하이하가 됐든 누가 됐든 여기는 절대 알아낼 수가—."

"아니, 그렇지 않아. 놈들은 분명히 알아낸다."

자신을 안심시키려 한 말임을 알고 있으나 파우스트는 그들의 말만 들을 수 없었다.

메데인과 칼리는 더 이상 토를 달지 않고 고개를 끄덕였다. 말하는 것보다 보여 주는 게 낫다는 걸 그들은 알고 있었다.

"네. 때마침 교대 시간이니 철저히 주입토록 하겠습니다."

"인원들이 하나둘 통과하고 있습니다. 시날로아 1차 검문 완료."

"……로스 세타스 2차 검문 완료. 신원이 확실히 확인된 인원부터 진입시키겠습니다."

슈욱— 슈욱— 슈욱—.

시티 페클로의 광장 인근에서 연분홍빛이 번쩍였다.

마왕군 유저들은 각기 자신들의 '상급자'에게 접근하여 줄을 섰다.

이미 조직의 형태를 완벽히 갖추고 있었기에, 그들이 일일이 파우스트에게 무언가를 보고하거나 마주치는 일은 거의 없게 된 상태였다.

"다음이…… 15조. 특이 사항이랑 경과보고 해. 교대한 조의 인원들이 맨티코어랑 키메라들을 찾지 못하고 있다는데 어떻게 된 거지? 몬스터 인계에서 착오가 생긴 거 아닌가?"

보고를 받는 유저는 필드에 나간 유저들의 연락을 받으며 고개를 갸웃거렸다.

눈앞에 있는 마왕군 유저는 둘.

분명 몇 번이나 봐서 얼굴도 알고 있는 데다, 1, 2차 검문을 통해 특이 사항이 없다고 확인받은 유저들이다.

그들은 답하지 않고 있었다.

한 명은 고개를 푹 숙이고 있고, 한 명은 다른 곳을 보며 딴청을 피우고 있다?

시티 페클로에서 무엇보다 중요한 게 바로 경계자 교대거늘!

질문을 던진 유저의 얼굴이 일그러지기 시작했다.

"……뭐야? 무슨 일인데 답을 안 해? 미쳤어? 빠져 가지고! 고개 똑바로 들어…… 어?"

그는 손을 내밀어 고개를 숙인 유저의 턱주가리를 잡아 올렸다.

초점 없는 눈 같은 건 그다지 특이한 것도 아니었다. 고개를 올린 상태에서 명확히 보이는 것.

가장 특별한 건 역시 하나뿐이었다.

"목에……. 이게 뭐야? 웬 바느질 자국이―."

그의 목을 두르는 바느질 자국이 있었다.

그가 볼 수 있었던 것은 거기까지였다.

바느질 자국이 있는 유저의 곁에서 딴청을 피우던 유저가 사라졌다.

"어? 그새 어디 갔어!? 무슨— 아악!"

그는 다급하게 소리를 지르며 물러설 수밖에 없었다.

바느질 자국이 있는 유저의 목, 그 바느질 자국의 틈새에서 붉은 피가 줄줄 새어 나오기 시작했기 때문이다.

"워어어어……."

"뭐임? 죽은 거야?"

주변의 유저들도 웅성거리며 모여들었다.

그들의 보고를 받아야 하던 로스 세타스 소속의 길드원 유저는 잠시 패닉 상태에 빠졌다.

"아, 아니! 내가 그런 거 아니야! 무슨— 뭔가 이상한 일이 벌어졌는데, 갑자기— 왜? 왜 죽은 거지?"

패닉은 그리 길지 않았다.

나름대로 악명 높은 길드의 소속으로서 제법 많은 일을 겪어 보았기에 그는 알 수 있었다.

이제 바느질 자국이 있는 유저가 어떻게 죽었는지는 중요한 게 아니다. '저것'은 어차피 죽어 있었을 것이다.

그렇다면 그가 이 시점에 죽은 이유가 무엇인가.

거기까지 생각이 닿고 나서야 유저는 '곁에서 딴청을 피우던 유저'가 생각났다.

가장 먼저 든 생각은 'X 됐다'였지만 그는 그런 식으로 말하지 않았다.

　"비, 비상! 비상! 침입자다! 침입자가 있—."

　바느질 자국에서 새어 나오던 피는 어느덧 멈춰 가고 있었다. 그리고 그 피가 멈추는 순간…….

　콰아아아아아———————————.

　그의 몸이 폭발했다.

　시티 페클로는 아비규환의 현장이 되었다.

　"뭐, 뭐야?"

　"로스 세타스 전원 시티 페클로로 들어와! 모든 통로 차단하고 침입자를 색출하라!"

　"길드 시날로아는 전투태세! 1, 2대는 파우스트 님을 보호하고 나머지 인원은 로스 세타스와 보조를 맞춰!"

　파우스트가 잠시 움찔거린 찰나에도 두 명의 길드 마스터들은 완벽한 대처를 보여 주었다.

　그러나 길드 마스터들의 명령에 반응하며 정신을 차린 것은 해당 소속의 길드원 유저들뿐이었다.

특히 폭발이 일어난 광장 근처는 여전히 패닉 상태에 빠질 수밖에 없었다.

들도 보도 못한 방식으로 공격을 당했을 뿐만 아니라 시티 페클로에 침입자가 생겼다는 말은 즉, 이곳으로 〈신성 연합〉이 밀고 들어올 수도 있다는 의미이지 않은가.

"신성 연합! 드래곤이 올 거야!"

"도망가야—."

"칼라미티 군단, 칼라미티 군단부터 불러야 합니다!"

당장이라도 바하무트를 비롯한 메탈 드래곤들이 우르르 몰려올지 모른다는 공포에 유저들이 떨었다.

"도망가면 다 죽는 거야! 어차피 이런 잔꾀나 부리는 자식이라면 암살자밖에 없어! 당장 위험에 처할 일은 없다, 암살자를 잡아내고 아지트를 옮기면 그만이야!"

"이 새끼들, 길드전 안 해 봤어!? '세이프 하우스' 확보 및 활용은 전쟁의 기본이다! 당연한 거니까 다들 입 닥치고 침착해!"

두 명의 길드 마스터가 확성 스킬을 활용해 소리쳐 보았으나 광장에서 제법 떨어진 상태로는 지휘가 쉽지 않았다.

"파우스트 님."

"저희는 잠시 다녀오겠습니다. 시날로아의 인원들이 파우스트 님을 보호할 겁니다."

결국 메데인과 칼리는 잠시 파우스트의 곁을 떠날 수밖에 없었다.

카리스마 있는 길드 마스터들이 재빨리 혼란을 잡아 주지 않으면 패닉은 시티 페클로 전체로 퍼져 나갈 테니까.

"음. 어차피 나는 괜찮다. 〈라이즈─그레이브야드〉."

파우스트 또한 놀랐을 뿐이다.

마왕의 조각들에게 거의 모든 권한을 건네받은 자신이 당할 리가 없다는 자신감이 있었다.

파우스트를 지키기 위해 다가온 길드 시날로아의 유저들이 서른. 파우스트 자신이 소환해 낸 묘지에서 튀어나온 각종 언데드 몬스터는 이백.

그것으로도 부족하여 그는 〈본 쉴드〉와 〈본 월〉등 각종 방어 스킬까지 둘렀다.

'하이하가─ 아니, 하이하가 왔을 리는 없어. 애당초 검문을 통과할 수 없었을 테니까. 처음부터 투명화 스킬이나 단순한 위장 스킬로 숨어들어 올 수는 없어. 이건 그런 사건이 아니다.'

사람이 부족하다는 보고도 없었다.

투명화 스킬이라면 강도의 차이는 있겠으나, 오라클 직업군의 유저들의 눈을 모조리 다 속일 순 없었을 것이다.

하물며 시티 페클로로 들어오기 위해선 기본적으로 마기의 일부를 지녀야 한다. 마왕군으로 전향한 수준의 유저들이 아니면 애초에 들어올 수가 없다.

"투명······. 위장······. 변장······. 그 이상의 스킬을 사용할 수 있을 만한 유저가 있던가."

파우스트의 물음에 쉽게 답할 수 있는 유저는 없었다.

"마기를 지녀야 하는 이상— 불가능하다고 판단됩니다."

"그렇습니다. 마왕의 조각들이 없어져서 현재 파우스트 님을 제외하면 마기를 나눌 분이 없을 텐데······."

"게다가 마기는 죽는다고 사라지는 것도 아니고 흡수되는 것도 아니지 않습니까."

그들 모두 시티 페클로가 얼마나 침입하기 어려운 구조인지 알고 있기 때문이다.

한 번 마왕군으로 전향하여 마기를 주입받고 나면 함부로 〈신성 연합〉으로 돌아갈 수 없는 이유이기도 했다.

그것을 주입할 만한 권한이 있는 자만이 주입된 마기를 빼낼 수 있으니까.

'그래. 죽어서 로그아웃을 당해도 한 번 마왕군이 된 이상 돌아가긴 쉽지 않아. 우리의 결속을 단단하게 만들어 주는 게 바로 그거니까. 그렇다면 어떻게 시티 페클로로 들어왔지?'

파우스트는 잠시 생각했다.

그의 주변에서 그가 소환한 듀라한과 데스 나이트들이 묘한 소리를 내고 있었다.

그 순간, 그의 머릿속에 무언가가 떠올랐다.

"······아까 광장에서 폭발한 건 뭐였나."

"경계를 나갔던 자였습니다. 목격자들의 말에 따르면 목에서 피가 뿜어져 나오다가 갑자기 몸이 폭발했다고……."

"몸이?"

"그렇습니다."

파우스트의 입이 일그러졌다. 도마뱀의 이빨이 비죽비죽 튀어나왔다.

그는 마침내 알았다.

"빌어먹을— 그럼— 이곳에 들어온 녀석은—."

퍼어억……!

파우스트의 근처로 무언가가 떨어졌다.

유저들이 당황하여 그것을 공격하려 했지만 그럴 필요는 없었다. 파우스트의 곁에서 나뒹구는 건 잿빛으로 변한 사체였으니까.

"누가 당한 거지? 이자는—."

"어? 이 사람! 아까, 그, 그!"

"……아까 폭발한 놈의 곁에 있던 놈이겠지."

이제 그는 알 수 있었다. 이곳에 침입한 자가 누구인지, 암살자의 스킬이 이 정도까지 발달할 수 있는 것인지.

파우스트는 고개를 들며 천천히 읊조렸다.

"설마 사체를 입고 오다니. 기브리드한테 옮기라도 한 건가, 뻬뜨르."

"B—I—N—G—O—! 서프라————이즈!"

공중에서 삐뜨르는 그네를 타고 있었다.

파우스트를 비롯한 마왕군 유저들은 그 그네를 이어 주는 줄이 도대체 어디에 매여 있는 것인지 파악할 수 없었다. 그러나 이건 문제 맞히기가 아니다.

"삐뜨르다! 암살자 발견!"

"전부 연락해서 이곳으로 오라고 해!"

"주변에 몇 명이 더 있을지 모른다! 〈미드나잇 서커스〉의 암살자들이 있을 수도 있어!"

삐뜨르를 죽이고 혼란을 수습하면 된다.

분주히 움직이는 마왕군 유저들을 보면서도 삐뜨르는 서두르지 않았다.

보이지 않는 공중그네에 걸터앉은 채, 그는 웃었다.

"부히히힛, 너희 따위를 잡는데 우리 텐트가 움직였을 것 같나?"

단 한마디만으로도 길드 시날로아의 길드원들은 쉬이 반응하지 못했다.

파우스트만이 피로트-코크리가 준 뼈 완드를 강하게 쥐며 그를 가리켰을 뿐이었다.

"혼자서 가능하다고? 나를?"

"부힛! 내가 묻고 싶은 말이야! 크흠, [이걸로 막을 수 있다고? 나를?]"

삐뜨르는 목청을 가다듬고 파우스트의 목소리를 따라 냈

다. 완벽한 성대모사에는 주변 마왕군이 잠시 움찔거릴 정도였다.

"랭킹 4위라고 너무 자만하는군. 이고르가 삽질해서 네 랭킹이 올랐을 뿐이야. 여기는 시티 페클로다. 나의 집이지."

파우스트는 굴하지 않았다.

실제로 삐뜨르의 랭킹은 4위이므로 이곳의 누구보다 높다.

가장 랭킹이 높은 파우스트 자신이 10위다. 그러나 마왕의 조각들이 준 힘을 활용한다면, 이 정도 랭킹 차이는 충분히 메울 수 있다.

거기에 더해 주변에 있는 아군이 몇인가.

파우스트가 자신을 보일 수 있는 이유는 바로 그것이었다.

광장의 혼란을 수습한 두 명의 길드 마스터들이 지원군을 데리고 달려오는 게 눈에 보일 정도다.

앞으로 약 십여 초, 삐뜨르를 포위해서 공격하는 것은 일도 아니게 된다.

"부히히힛. 이고르가 삽질한 것은 맞아. 하지만 뒤에 붙은 말은 틀렸어. 여기는 시티 페클로가 아니야."

"음?"

그럼에도 삐뜨르가 이토록 자신감을 보이는 이유는 무엇인가. 삐뜨르는 잠시 목청을 가다듬었다.

그리고 파우스트와 같은 목소리를 내며 말했다.

"[여기는 미드나잇 서커스다. 나의 집이지.]"

"잡아! 삐뜨르를 죽여!"

삐뜨르는 공중그네에서 뛰어내렸다. 파우스트가 있는 그곳으로⋯⋯.

데스 나이트들이 검을 휘두르고, 듀라한이 창을 내지르고, 주변의 숱한 마왕군 유저들이 삐뜨르를 대상으로 스킬을 사용할 때, 삐뜨르는 그저 파우스트를 향해 웃으며 말할 뿐이었다.

"〈아닌 밤중의 서커스〉."

미야우와 리자디아의 모습이 시티 페클로에서 사라졌다.

"어, 어디 갔지?"

"파우스트 님을 찾아! 탐색 스킬 써!"

"그래 봤자 블링크 유사 스킬일 거다! 텔레포트는 안 되는 지역이야, 반드시 찾아내서 죽여야 한다!"

뜬금없이 사라진 두 사람을 찾기 위해 마왕군 유저들은 일사분란하게 움직였다.

그러나 그들이 시티 페클로 내부에서 삐뜨르와 파우스트를 찾는 일은 없었다.

Geschoss 7.

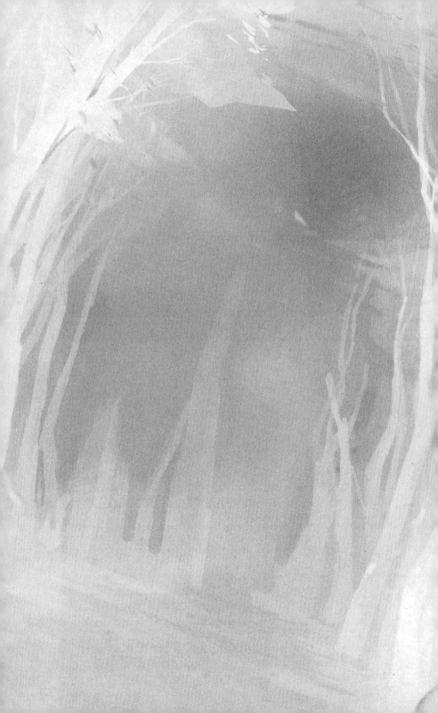

"……뭐지, 이건."

"부히히힛……. 단장이 갖는 권한이지. 단장만이 서커스 텐트를 어디에 칠지 정할 수 있으니까."

"지금 여기가 〈미드나잇 서커스〉의 텐트라고?"

파우스트는 천천히 주변을 둘러보았다. 적어도 시티 페클로가 아니라는 건 알 수 있었다.

눈에 보이는 건 오직 흰 공간밖에 없다.

거리감조차 제대로 잡히지 않는 흰 공간에서, 삐뜨르는 도약했다. 아무것도 없던 공간에 다시금 공중그네가 나타났다.

삐뜨르는 그네 위에 서 파우스트를 내려다보았다.

"단장직 취임 축하 공연을 보러 오신 첫 번째 관객분을 환영합니다."

그곳에서 그는 파우스트를 향해 조용히 고개를 숙였다.

파우스트는 삐뜨르에 대해 항상 어떤 감정을 갖고 있었으나, 이번만큼은 그 감정을 새삼 다시 느껴야 했다.

"미친 새끼."

"부히히힛! 그런 칭찬은 너무 많이 들어서 지겨운데, 다른 남길 말 없나?"

파우스트는 삐뜨르의 웃음소리를 들으며 화들짝 놀랐다.

조금 전 공중그네 위에 있던 삐뜨르는 어느새 파우스트의 목에 자신의 손톱을 대고 있었다.

'단장직의 특권으로 만든 아공간과 같은 스킬인가…… 이 안에서 삐뜨르는 신과 같다는 뜻이겠지.'

싸워 볼 수 있다. 아직 파우스트 자신에게도 지닌 패가 있다.

싸우다 패배하여 죽는 것? 죽어도 된다.

마왕군으로 받는 페널티는 있지만 마왕의 조각들에게 받은 권한이 사라지는 게 아니다.

접속 제한이 꽤 길어질 것이고 레벨 다운도 생기겠지만 다시 역전할 기회는 만들 수 있다.

자신이 죽어도 괜찮다는 합리화를 빠르게 끝낸 파우스트였으나 그의 입에서 나온 말은 머릿속 생각과 조금 달랐다.

"나를 죽여서 좋을 게 없을 텐데."

"부히히힛, 그건 내가 판단하는 게 좋지 않을까?"

"그래서 하는 말이야, 삐뜨르. 〈미드나잇 서커스〉가 사라져 버리면 안 되잖아?"

파우스트는 웃고 있었다.

"……재미있는 농담이지만 재미없어."

삐뜨르도 그를 보며 웃었다. 그러나 웃음이 사라지기까지
는 그리 오래 걸리지 않았다.

파우스트는 말했다.

"삐뜨르, 당신도 알고 있겠지. 나는 이미 신대륙 중부의 전
투를 제압했다. 거의 타격조차 입지 않고 바하무트를 포함한
메탈 드래곤들을 무력화시킬 수 있어. 하물며 내가 직접 만들
어 낸 2세대 마왕군도 있지. 그 전투를 모른다고 하지는 않을
거야."

현재 가장 뜨거운 화제로 다뤄지는 게 바로 그 사건이다.

라르크와 신나라에게 설명을 듣기 전부터 삐뜨르 또한 알
고 있었던 일이다.

그 시점에서 삐뜨르도 의심했던 일이 하나 있었다.

"그럼에도 불구하고 내가 왜 이곳에 있을까."

"부히히힛……. 마왕을 깨우기 위해서, 시간을 벌기 위해
서. 알고 있어, 도마뱀 녀석. 전투가 부담이 되는 거겠지. 불
확실한 승률에 기대는 것보다 확실한 교착 상태를 유지하는

게 좋을 테니까."

정신 나간 짓거리를 자주 하지만 생각이 없는 게 아니다.

미드나잇 서커스라는 미들 어스 최강의 암살단의 단장직까지 괜히 올라간 게 아니다.

삐뜨르는 웬만한 유저들이 분석하는 것 이상으로 파우스트에 대해 분석해 두었다. 그러나 말을 하는 삐뜨르도 조금쯤 불안한 부분이 있었다.

정말 그게 전부였을까?

자신이 무언가를 놓치고 있는 게 아닐까.

"흐흐…… 삐뜨르가 그 정도밖에 생각하지 못했다면 다른 놈들은 볼 것도 없겠군. 당신이 혼자 왔을 리는 없고……. 라르크나 뭐, 람화연? 그 성도의 브레인들도 결국 내 패를 읽어내지 못했다는 의미지. 결국 모두가 나와의 수 싸움에서 졌다는 거야."

"부흐흐흣! 패? 가진 패를 꺼낼 시간이나 있을 것 같나?"

삐뜨르의 손톱이 파우스트의 등을 조금씩 파내어 들어가고 있었다.

비늘 수준의 방어력으로는 그의 공격력을 막을 수 없다. 파우스트는 옴짝달싹하지 못하는 상태에서 황급히 입을 열었다.

"크으— 잘 생각해, 삐뜨르. 분명 나는 전장을 어느 정도 교착 상태로 만들어 두려고 한 건 맞다. 하지만— '아무런 수'

도 없이 기다리고만 있을 것 같아? 바로 그 교착 상태를 끊어 내기 위해 〈신성 연합〉놈들이 뭘 했는지 생각해 보라고."

삐뜨르의 손이 멈춘 것은 그때였다.

〈신성 연합〉이 멈춰 버린 전장을 돌리기 위해 어떤 수를 썼는가.

"……나?"

삐뜨르를 고용한 일이다.

그 즈음에서야 삐뜨르도 눈치챌 수 있게 되었다.

눈에는 눈, 이에는 이.

"〈미드나잇 서커스〉의 실질적 후원자가 총 열두 명이던가. NPC 열둘만 죽이면 후원되는 자금이 모두 끊길 텐데, 과연 그 정도의 암살 단체를 의뢰 건만 받아 가며 먹여 살릴 수 있 겠어?"

"……암살자를 보낸 건가? 부히히힛! 웃기지도 않는군! 우리 후원자들은 모두 우리가 지키고 있다. 네 녀석이 보낸 허섭스레기 같은 네크로맨서나 워록들이 상대할 수준이 아니야. 그걸 모르―."

"내가 언제 네크로맨서나 워록을 보냈다고 했지?"

그도 암살자를 보낸 것이다.

그러나 마왕군 소속의 일반적인 유저나 NPC따위를 보낸 건 아니었다.

파우스트는 천천히 앞으로 걸었다.

삐뜨르는 거리를 두는 파우스트를 보면서도 긴장하지 않았다. 어차피 이곳은 삐뜨르의 집이나 마찬가지다. 파우스트가 무언가를 하기도 전에 그를 찢어 버릴 여력은 충분히 있었다.

"당신이 동요를 좋아하는 건 알고 있어. 언제나 암살하기 전에 동요를 부른다지? 흐흐, 험프티—덤프티의 뜻을 알고 있나?"

"……Humpty Dumpty, 그 의미는 '한 번 부서지면 되돌릴 수 없는 것'이지."

"맞아. 당장 내가 죽는다고 해도 그들을 막을 순 없어. 신 대륙의 서부에서 〈마나 중계탑〉을 거쳐 텔레포트할 경우, 〈신성 연합〉 놈들에게 걸리겠지. 그래서 배편을 태워 보내느라 고생 좀 했지만— 이미 그들은 도착했다. 정확히는 4시간 전에."

"내가 당장 쫓아가서 놈들을 막는다면?"

"이런! 험프티—덤프티라니까. 삐뜨르 당신이 제아무리 뛰어나도 그들을 막을 순 없을 거야. 크흐흐흐…… 그러니 잘 기억해 둬. 나를 죽이고, 돌아가서 그들을 막기 위해 최선을 다해 봐."

이제 파우스트는 두 팔을 벌리고 있었다. 언제든 죽어도 상관없다는 그의 태도는 삐뜨르를 더욱 열 받게 만들었다.

그러나 함부로 죽일 수는 없었다. 파우스트가 이런 말을 굳이 줄줄 하는 이유가 무엇인가.

삐뜨르는 파우스트가 하는 얘기를 들어야만 했다.

"단! 당신이 그들을 막을 수 없다고 생각했을 때, 나와 한 가지만 약속해 주면 돼. 그 약속만 지킨다면 내가 돌아왔을 때 〈미드나잇 서커스〉가 몰락하지 않도록 조절해 보지."

"약속?"

그가 하고 싶었던 말은 처음부터 하나뿐이었다.

"〈시티 페클로〉의 위치를 발설하지 마. 만약 〈신성 연합〉의 한 사람이라도 시티 페클로의 위치에 대해 아는 것 같은 반응이 난다면— 나는 그들을 이용해 〈미드나잇 서커스〉를— 아니, 삐뜨르 당신이 일구고 쌓은 모든 걸 날려 버리겠어."

죽음을 각오한 파우스트는 삐뜨르를 정면으로 노려보았다.

삐뜨르는 웃었다.

"치요에게 못된 것만 배웠군."

"아니, 나는 그 이상이야."

마주 보며 웃는 파우스트의 목을 삐뜨르는 가볍게 날려 버렸다.

리자디아는 순식간에 잿빛으로 변했다.

미들 어스의 공식 랭킹표가 다시 한 번 요동쳤다.

랭킹 4위의 삐뜨르가 랭킹 3위로, 랭킹 3위에 있던 페이우가 랭킹 4위로, 랭킹 10위의 파우스트는 랭킹 11위로 그리고 랭킹 11위에 있던 보배의 이름이 다시금 10위에 위치하게 된 사건.

인터넷 커뮤니티의 몇몇 유저들이 어떤 일이 벌어진 건지 충분히 추측할 수 있는 상황이었으나, 아직 이하를 비롯하여 게임 내에 접속한 유저들은 사태를 파악하지 못하고 있었다.

그들은 조금 다른 방식으로 이 소식을 접하게 되었다.

"포기하지 않습니다. 베르나르 님이 크툴루의 알을 설치해 줄 때까지 찾아올 거예요."

"……죄송합니다."

베르나르는 이하를 밖으로 배웅하곤 조용히 문을 닫았다.

닫힌 문 앞에서 이하는 입맛을 다셨다.

"힘드네, 힘들어. 차라리 컨셉충이면 괜찮겠는데— 저 사람은 컨셉이 아니라 진심이다 보니까 더 설득이 안 되는구만. 그치, 젤라퐁?"

[퐁?]

"에효……. 크툴루 퀘까지만 완료해도 어떻게 다시 움직일 지 방향을 좀 잡아 보겠는데— 로보 잡으면서 특성 저장하는 것도 제법 해 놨고. 또 뭘 준비해야 하나?"

지난 며칠간 이하는 많은 일을 했다.

자주 사용했던 몬스터들의 특성들을 다시금 저장(?)해 두어 야 했고, 수장룡을 잡으며 생긴 몇몇 특성들을 전투에서 어떻게 활용할지 고민해 봐야 했으며, 시티 가즈아와 레어Lair에 대한 관리도 해야 했기 때문이다.

그 와중에도 크툴루 퀘스트와 관련된 일을 클리어하기 위해 노력했건만, 베르나르는 여전히 이하의 말을 들어주지 않고 있었다.

'그래도 이런 정비 시간이 좋은 거지. 또 한 번 움직이기 시작하면 한도 끝도 없을지 모르니…….'

용궁의 드레이크와 인어에게도 크라벤의 잠항 선박과 남방 해역에 관한 이야기를 해 두었다.

거기서 더 이상 파생되는 퀘스트가 없다는 점에서 이하는 조금 아쉬운 마음도 들었다.

펠리페 2세의 퀘스트를 거절한 그 순간, 남방 해역 항로 개척의 퀘스트 루트가 완전히 날아간 셈이 되었다는 의미였으니까.

그렇다면 지금 해야 할 일은 무엇일까.

"끄으으으— 마음 같아선……. 신대륙 중부에서 동부 쪽으로 보이는 몬스터나 '미니 토온' 같은 거 조지고 싶지만—."

이하는 가끔 의문이 든 적이 있었다.

큰 이벤트나 사건이 벌어지지 않은 상태일 때, 다른 유저들은 도대체 뭘 하고 있을까.

특히 일반적인 유저와 달리 파티 플레이도 하지 않는 인간들은?

"흐흐, 키드랑 루거는 뭐 하고— 엥? 뭐야? 같이 있네?"

삼총사의 텔레포트 창을 켜 위치를 확인하던 이하는 잠시 고개를 갸웃거렸다.

정확히 말하면 세부 장소까지 같은 것은 아니었으나, 두 사람은 비교적 가까운 곳에 있었다.

'미니스 서부 너머의 미개척지……. 카오틱 유저들이 자주 오는 그 개척 기지 마을보다도 훨씬 더 먼 곳이다.'

미개척지는 말 그대로 알 수 없는 장소다.

당연히 해당 장소에 이름이 붙지는 않았으나, 로페 대륙의 일부였으므로 로페 대륙의 지도 축적으로 표기는 가능했다.

일정 크기의 격자 모양으로 잘라 놓은 구역으로 미니스의 서부는 표기가 가능했고, 현재 키드와 루거의 위치를 확인한 이하는 그곳이 과거 '카즈토르의 연구소'를 찾아낸 곳보다 훨씬 더 많이 나아간 지점이라는 걸 알 수 있었다.

"루거 놈은…… 괜히 먼저 갔다가 영원히 삼총사의 텔레포트 안 켜 놓을 수도 있으니— 키드 쪽이 낫겠지."

두 사람 모두 자신들이 삼총사의 텔레포트를 켜 두었다는 걸 모르고 있을 가능성이 높다. 괜히 장난 한번 쳤다가 다시는 보지 못할 수도 있는 루거를 택하느니, 키드를 택하는 게 안전한(?) 선택이었다.

이하가 키드를 놀라게 할 생각에 키득거리며 스킬을 사용하려는 찰나…….

―형! 형! 형! 방금 들었어?

―하이하? 지금 어디야?

―하이하 씨? 하이하 씨가 한 일이에요?

―일단 이번 일은 에윈 총사령관한테 즉시 이야기해 둘 테니― 하이하 씨가 방법을 좀 찾아봐야 할 것 같은데요?


"왁! 뭐야!? 이건 무슨―."

갑작스레 이하의 머릿속에 귓속말들이 울렸다. 그러나 그 정도는 놀라운 일도 아니었다.

이하의 곁에서 연보랏빛이 번쩍였다.

"어? 키드? 루거? 내가 가려고 했더니― 갑자기 어떻게―."

"어딜 온단 말입니까."

"멍청한 녀석. 얘기도 못 들은 건가."

정작 키드와 루거가 자신의 곁에 나타나자 당황스러운 것은 이하였다.

뜬금없이 쏟아지는 귓속말에, 삼총사의 텔레포트를 사용해 즉각 날아온 건 무슨 이유 때문인가?

"뭔데."

이하는 직감적으로 무슨 일이 생겼다는 걸 눈치챘다.

키드와 루거는 눈살을 찌푸렸다.

"우려하던 일이 벌어졌을 뿐입니다."

"퉤, 최악의 상황이라는 게 짜증 나서 그렇지. 그나마 에즈 웬은 안 온 것 같군."

"아니, 무슨 일인데!"

―기정아! 뭐야? 왜?

―응? 형 못 들었어?

―뭐를!

―지금 샤즈라시안의 대통령이 죽었어.

―……뭐?

이하는 잠시 상황을 이해하지 못했다. 샤즈라시안의 대통령이라면 샤즈라시안 연방의 수장이다.

그가 죽었다고?

그는 퓌비엘의 국왕과 같은 위치이고 크라벤의 펠리페 2세와 같은 위치에 있는, 사실상 최고위급 NPC 중 한 명인데?

놀랄 일은 그것만이 아니었다.

―그리고 퓌비엘 왕궁의 세자와 왕비도 죽었고! 미니스의 국왕도 빈사 상태래!

―무슨? 뭐라는 거야, 갑자기? 지금? 어떻게―……. 아.

샤즈라시안과 퓌비엘 그리고 미니스. 3개국에서 갑자기 일이 터진 이유가 무엇인가.

키드와 루거가 갑자기 나타난 이유는 무엇인가.

퓌비엘과 미니스, 샤즈라시안의 수도처럼 철통 경계가 일어나고 있는 지점에서, 심지어 '동시에' 소란을 일으킬 수 있는 NPC는 한 그룹밖에 없었다.

"삼총사."

로페 대륙을 완전히 뒤집어엎을 정도의 사건은 이하와 키드, 루거가 사용하는 '수법'과 상당히 유사하게 벌어졌으리라.

"그렇습니다. 퓌비엘에 잠입한 자는 구멍이 난 코트를 입고 있다고 했습니다. 그러나 흩날리는 코트의 뒷모습 외에는 정체를 확인하고 살아남은 자가 없다고 합니다."

"브로우리스 소장님······."

키드는 크림슨 게코즈를 만지작거렸다.

"미니스 쪽은 왕이 있는 건물이 폭발했다고 했어. 포격 위치는 왕궁에서부터 5km 떨어진 곳으로 추정된다는군. 멍청한 베르튜르 기사단 새끼들."

루거는 베르튜르 기사단을 괜히 욕해 보았으나 알아도 막을 수 없는 자의 공격은 방어할 수가 없는 것이다.

브로우리스와 브라운 퓌비엘과 미니스를 맡았다면.

"그럼 샤즈라시안의 대통령을 암살한 쪽이―."

슈우우욱―.

"유리창이 깨지는 소리가 들렸을 때, 이미 대통령은 절명한 상태였습니다. 거리를 알아낸 베르튜르 기사단에 비하면, 저희는 저격수의 위치조차 확인할 수 없었습니다."

이하의 곁에서 또 하나의 연보랏빛이 번쩍였다.

샤즈라시안 연방의 관료에 오른 유저, 카렐린이 우울한 얼굴로 이하를 바라보고 있었다.

"하이하 씨, 잠시 이야기 좀 나눌 수 있겠습니까."

치요와 계약한 테러리스트들이 활약할 때, 그들에게서 가장 많은 잡고 정보를 빼낸 카렐린이다.

그런 그조차도 [명중]의 엘리자베스가 어디서 총을 쏘았는지 파악할 수 없었다.

"가시죠."

이하는 카렐린이 어떤 말을 하고자 하는지 알고 있었다. 현세대의 삼총사는 곧 전 세대의 삼총사가 벌인 일들을 확인하러 움직였다.

이하는 지끈거리는 머리를 주무르고 있었다.

미들 어스에서 전 세대 삼총사가 저지른 만행을 확인하고 로그아웃한 지 1시간이 지나도록 잠이 들지 못한 상태였다.

커뮤니티에서 얼마나 소란이 일어났는지는 이루 말할 수조차 없었다.

'말도 안 되는 일이다. 미쳤어.'


〈제목: 미니스 왕 죽으면 어케 댐??〉

〈제목: 퓌비엘은 국민 총 동원령이 내려질 거라던데? 집단 퀘스트 느낌.〉

〈제목: 브로우리스가 마왕의 조각이야? 어떻게 왕궁 침투를 하지?〉

〈제목: 샤즈라시안 대통령 선거 출마 ㄱㄱ 유저 최초 대통령 가즈아ㅏㅏ〉

〈제목: 이번에 제일 득 본 건 크라벤이네 ㅋ〉


유저들의 추측성 발언만 있는 게 아니었다.

실제로 에즈웬 교황청을 포함한 로페 대륙 전역이 뒤집어졌다고 봐도 과언이 아니었으며, 그 여파는 당연히 에키라 대륙까지 미치고 있었다.


〈제목: 〈신성 연합〉 해체되겠네 ㅋㅋ 잘됐다 랭커 새끼들 ㅋㅋ〉

〈제목: ㄴre: 돌아인가? 그게 잘된 일로 보임?〉

〈제목: ㄴre: ㄴre: 뉴비들도 끼어들려면 한 번 갈아 엎긴 해야 함 ㄹㅇ〉

〈제목: ㄴre: ㄴre: ㄴre: 갈아 엎는 게 아니라 젬이 터지는 거야 ㅂㅅㅇ〉


"후우우……."

질투심이 다소 섞인 글도 있었으나 사태를 정확히 지켜본 유저들이 더 많았다.

〈신성 연합〉의 결성은 에즈웬 교국의 교황 이름으로 이루어진 것이다. 그러나 연합의 선포와 결성을 정하고 추진했을 뿐, 실제로 참가하고 힘을 보탠 것은 로페 대륙의 각 국가 구성원들이다.

지금까지는 정당한 명분이 없이 해당 국가가 전력을 이탈하려 했을 때, 교황의 이름으로 설득하거나 막을 수 있었다.

하지만 지금은?

'퓌비엘도 왕자와 왕비가 죽었지. 이제 '적통'이 바뀐다는 뜻이다. 나라 씨가 나오기 직전에 한 말만 해도……. 정말 국민 총 동원령이 내려질지도 모르겠는데.'

사실상 확정된 사안 중 하나가 〈신성 연합〉의 건으로 에리카 대륙에 파견됐던 '퓌비엘 왕국의 모든 기사단' 복귀였다.

그러나 이번엔 신나라만 퓌비엘에 묶이는 게 아니다.

국민 총동원령이라는 것은 말 그대로 퓌비엘 국가 소속 모두에게 내걸리는 퀘스트를 말한다.

'브로우리스 소장의 수배도 뜨겠군. 국왕은 이미 알현을 거부할 정도로 미쳐 있고. 뭐, 당연한 일인가?'

이하는 퓌비엘의 영웅이다.

과거 국가전 당시 획득했던 〈메달 오브 아너〉 업적이 아니더라도, 이미 퓌비엘 공적치가 엄청난 유저 중 한 명이다.

그런 이하조차 퓌비엘 국왕을 볼 수 없었다.

대기도 아닌 알현 거부.

퓌비엘의 국왕은 그 누구도 만나려 하지 않고 있었다.

국왕 NPC가 거기까지 갔다면 그다음에 내걸 퀘스트의 내용이 어떨지는 충분히 짐작 가능했다.

'하여튼 엄청난 페널티를 내걸면서 모든 국민을 강제로 참여하게끔 만들게 분명해. 페널티도 페널티지만 보상도 엄청나겠지.'

그렇게 되면 〈신성 연합〉은 붕괴된다.

누가 신대륙 중앙부에서 마왕군의 침입을 막으려 하겠는가? 자연히 관심이 멀어질 것이고, 그러면 〈신성 연합〉은 급속도로 약화될 것이다.

결국 방법은 삼총사를 빠르게 처리하는 것뿐인데, 그게 쉬울 리 없다.

'생전의 세 사람도 상대하기 어려웠다. 하물며 지금은……'

이하가 현재 로그아웃한 것도 그 이유 때문이다.

이 싸움은 체력전이 될 테고, 충분히 회복을 하지 못한 상태에서 싸운다면 그건 패배가 예정된 싸움을 시작한 것이나 다름없기 때문이다.

'단기전으로 끝내는 건 불가능할 거야.'

퓌비엘, 미니스, 샤즈라시안 3개국을 돌며 그들의 실력을 직접적으로 확인했다.

어느 정도 수의 유저와 어느 정도 수준의 NPC가 이번 일에 뛰어들지는 알 수 없지만, 상상할 수 있는 최대 수준이라고 해도 어려울 것이라는 게 이하의 예측이었다.

'바하무트가 끼어들더라도……. 위험할지 몰라.'

드래곤들은 죽으면 살아날 수 없다.

그들은 향후 마왕군과의 대결을 위해 온전히 보존해야 하는 전력이다.

간접적인 수색에서 도움을 받을 수는 있을지언정, 드래곤들을 삼총사와 맞대결하게 하는 건 막아야 한다고 생각한 이하였다.

'수색도 끽해 봐야 마나 탐지 정도지. 괜히 하늘을 날아다니다 그들한테 발각되면—'

끝장이다.

그것은 엘리자베스나 브라운에게만 해당되는 게 아니다.

가장 먼저 확인했던 게 바로 퓌비엘에서의 사건이었고, 이하는 그곳에서 브로우리스를 보았다.

24시간 퓌비엘 내성이 전부 감시되는 이상, 브로우리스도 녹화되는 것을 피할 순 없었다.

문제는 그 녹화 장면이었다.

그것을 통해 이하가 본 것은, 엄밀히 말하자면 그저 브로우리스의 옷자락일 뿐이었다.

이미 제2차 인마대전 당시부터 암살로 유명했던 브로우리

마탑의 사수

스였지만 지금은 '그때'의 브로우리스가 아니었다.

'혜인 씨의 말로는 그냥 움직이는 수준이 아니라고 했지.'

공간 이동.

그것은 키드도 어느 정도 동의한 발언이었다. 심지어 연보랏빛의 번쩍임조차 없는 무색의 스킬이라니.

키드 또한 화면을 보며 몇 번이나 고개를 가로저을 정도였다.

'피로트-코크리 때문일까? 어떤 식으로 되살려진 건지는 알 수 없지만, 예전 브로우리스 소장보다 훨씬 강해진 건 분명해. 만약 그 스킬이 〈블링크〉 수준의 단거리만 가능한지— 아니면 진짜 혜인 씨 수준의 장거리 〈텔레포트〉급이라면…… 최악이지.'

전체 보유 마나로 따지면 손에 꼽을 수 있는 람화정도 백 번이 넘도록 블링크를 사용할 수는 있다.

그러나 이하를 비롯한 유저들이 확인한 바로는, 브로우리스가 사용한 공간 이동은 백 번이 이미 훌쩍 넘은 숫자였다.

**눈으로 쫓을 수조차 없는 공간 이동을 사용하는 [속사]의 암살자.**

대체 그를 어떻게 상대해야 하는가?

키드조차 모자를 눌러쓴 채 어금니를 깨물고 있었다.

'강해질 건 예상했겠지만, 그 범위를 너무 넘었잖아!'

키드와 루거는 애초에 2세대 마왕군이니 '미니 토온'이니 하는 것과 싸우기 전, 그곳에 삼총사가 등장할 줄 알고 대기하지 않았던가.

이미 각오를 마쳤던 그들조차 감당하지 못할 정도로 〈스승〉들은 강해져 있었다. 그것은 루거도 마찬가지였다.

'미니스에 도착하자마자 루거의 치아가 갈리는 소리가 들리는 것 같았어.'

왕궁은 일반적인 건물이 아니다.

하물며 치요에 의해 테러가 한 번 일어난 후부터 왕궁은 더욱더 강력한 배리어가 24시간 내내 가동되고 있다.

'목격자들에 의하면— 폭발음은 그리 많이 나지 않았다고 했다. 차이는 있었지만 10발 이내야.'

최대치라고 해도 10발이다.

단 10발로 미니스의 왕궁은 반파되었다.

재건하지 않고서는 도저히 사용할 수 없을 정도로 파괴되었다.

여전히 깨어나지 못하고 있는 국왕이었으나, 그가 사망하지 않은 게 기적이라고 느껴질 지경이었다.

'실제로 미니스의 '넘버 투'인 재상을 포함해서 죽은 NPC도 상당수다. 퓌비엘의 요인 암살에 비하면 미니스는 말 그대로 무차별 폭격이야.'

로페 대륙 최강 방어력의 건물을 10발로 파괴해 버리는 [관통]의 폭격자.

루거가 코발트블루 파이톤을 얼마나 강하게 쥐고 있었는지 이하도 보았다.

그러나 지금은 두 사람의 삼총사를 걱정할 때가 아니었다.

되살아나며 자신들의 솜씨를 보여 준 브로우리스나 브라운에 비하면 엘리자베스의 변화는 감도 잡히지 않았기 때문이다.

'사실 단 한 발로 가장 큰 효과를 거뒀다고 봐야지.'

샤즈라시안의 대통령궁은 멀쩡했다.

고작 유리창 하나가 깨진 게 전부였다.

그러나 국가적 피해로 따지면 가장 크다고 봐도 과언이 아니었다.

선거를 치른다고 하지만 샤즈라시안의 대통령은 사실상 절대 권한으로 연방을 묶어 주는 역할을 하고 있었다.

그런 NPC가 죽었을 때의 파급력은 어떠할 것인가.

타국의 유저들보다 카렐린이 가장 먼저 이하를 찾아온 것도 바로 그 이유였다.

'대통령 선거가 문제가 아니라고 했어……. 샤즈라시안 연방이 더 이상 [연방]이 되지 않을 가능성까지 고려해야 한다니. 이미 그런 움직임을 보이는 주도 있다고 했지.'

샤즈라시안 연방이 여러 개의 작은 국가로 쪼개져 버릴 최악의 상황까지 만들 수 있는 것.

그게 바로 이번 대통령 피격이 가져오는 결과였다.

**단 한 발로 국가의 근간을 흔드는 [명중]의 저격수.**

'누구의 지시였을까. 그게 아니면 스스로 움직인 걸까?'

이번 저격전은 '시모'를 상대할 때나, '의인화된 블랙 베스'와 싸우는 수준과는 차원이 다른 전투가 되리라.

그리고 그런 엘리자베스를 잡을 수 있는 사람은……

"나밖에 없는데……"

애초에 삼총사가 아니라면 삼총사를 상대조차 할 수 없을 것이다.

그 어떤 유저가 브로우리스의 속도를 쫓을까.

그 어떤 유저가 브라운과 실력을 겨룰까.

그 어떤 유저가 엘리자베스를 포착할 수 있을까.

복잡한 마음의 이하가 선잠을 자고 있을 때, 미들 어스 안에선 이미 각국의 결정이 나기 시작했다.


**[미니스 왕국]: 국가 비상사태 선포**

─국가 내 모든 워프 게이트 폐쇄

─크라벤 국민을 포함한 모든 외부인들에 대한 도시 출입 통제

─〈신성 연합〉 파견 전 기사단 원복

　─15인 이상의 미등록 단체 집회 금지 및 모든 집회에 대한 허가
제 실시

　─5인 이상의 길드는 길드 사무소 소속 도시의 성주 지휘하 민방
위 투입

　─본국 왕궁에 대한 유언비어 유포자 엄중 처벌


　이미 신대륙에 파견된 미니스 소속 기사단과 길드는 모두
구대륙으로 돌아온 상태였다.

　돌아가지 않은 유저는 한 사람, 라르크가 람화연에게 말했다.

　"아직 끝난 건 아니라고 전해 줘요. 움직일 수 있는 사람
은……."

　"있다면 한 사람이겠죠. 당신이 설득했나요?"

　람화연은 라르크의 말을 끊으며 물었다. 라르크는 잠시 황
당하다는 표정을 지어 보였다.

　"와! 그걸 벌써 눈치챘다고? 쩝, 근데 내가 설득한 일은 아
닙니다. 이미 그런 생각을 하고 있더군요."

　라르크가 람화연에게 전하고자 했던 말은 바로 이것이었다.

　〈신성 연합〉의 총사령관 에윈이 미니스로 원복하지 않도록
막아 보겠다는 것.

　라르크의 제안을 듣기도 전 에윈은 고개를 끄덕이며 그와
함께 가자 했고, 지금 라르크가 미니스의 왕궁으로 가는 이유

이기도 했다.

"반드시 성공시켜요. 실패하면 〈신성 연합〉은 해체될 테니까. '조직도'는 지켜야 해요."

람화연이 눈을 빛내며 말했다.

이미 모든 기사단이 돌아간 상황에서 에윈까지 자리를 비운다면 〈신성 연합〉은 아무런 소용도 없게 된다.

준비에 상당 기간이 소요되는 NPC들의 성향을 보자면, 한번 해체된 연합을 다시 꾸리는 것은 불가능할 확률이 높다.

그러나 '머리'가 남아 있다면……

'조직도가 살아 있는 조직은 죽지 않아. 에윈이 자리를 지켜 준다면 〈신성 연합〉은 지켜진다.'

자신이 담당하고 있는 또 하나의 조직, '빨치산'의 운영에 대해 고민하던 람화연이었다.

〈신성 연합〉이 해체될 가능성이 높다고 생각한 그녀는 이미 그것에 대응하기 위한 준비를 시작하고 있었다.

"뭐, 누군들 성공시키기 싫겠습니까마는. 왕은 빈사 상태고 재상은 죽었고, 대법관도 오늘내일하고, 재무 장관이 그나마 살아 있다지만 왕의 대리권은 없으니 쉽지 않으—."

"그래도 어떻게든!"

"—니까 바로 기회가 된다, 라고 말하려는 참인데 그걸 또 못 참으시고 말을 끊네. 흐흐, 어쨌든 에윈의 별명이 뭡니까. '초원의 여우'가 그리 쉽게 나자빠지진 않을 거고, 나도 한 손거들 거니까……. 람화연 씨도 신대륙 쪽 수습 부탁합니다."

라르크는 람화연을 놀린 게 기분 좋다는 듯 웃으며 수정구를 발동시켰다.

람화연은 여전히 조금쯤 불편한 남자라는 판단이 들었지만 역시 그의 두뇌는 믿을 만하다고 생각했다.

"아 참, 저기 뭐냐. 에윈이 신대륙에 남는 결과를 끌어낸다 해도 본격적으로 〈신성 연합〉이 다시 가동되려면 암살자 셋을 얼마나 빨리 처리하느냐에 달려 있으니― 그것도 전해 주시고."

그의 몸으로 연보랏빛 알갱이들이 모이고 있었다.

람화연은 그제야 무언가가 떠올랐다는 듯 라르크에게 물었다.

"근데 누구한테 전하라는 말이죠? 뻬뜨르는 파우스트를 죽인 후로 연락조차 닿지 않고 있는데. 연락 온 거 있어요?"

오히려 람화연의 질문을 들은 라르크가 당황한 얼굴로 무슨 말을 하려 했으나, 이미 그의 몸은 순간 이동된 상태였다.

그의 몸이 사라지기 전, 람화연이 들은 글자는 하나였다.

"[하]……."

뒤에 가려진 말을 듣기에는 그것으로 충분했다.

'하이하.'

람화연은 아직 접속하지 않은 한 사람을 떠올렸다.

Geschoss 8.

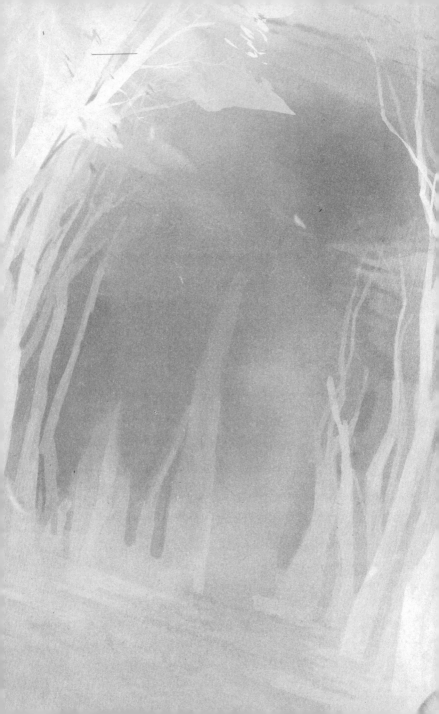

이제는 자신도 돌아가야 할 때였다.

미니스에서만 복귀 명령을 내린 건 아니었으니까.

지휘 통제실처럼 설치된 드넓은 사무실에는 두 사람밖에 없었다. 람화연과 블라우그룬. 둘을 제외한 화홍 길드의 유저들은 모두 돌아간 상태였다.

그녀는 수정구를 들며 말했다.

"블라우그룬 님, 그럼 부탁드립니다. 신대륙 중앙부에 팔레오들의 경계를 맡겨 두긴 했지만……."

"부족한 숫자겠지. 신대륙 동부에서 특이 사항이 발견될 경우 즉각 너에게 연락하겠다."

"예. 감사합니다."

람화연은 블라우그룬에게 고개를 숙이며 말했으나 그녀의

마음은 결코 편치 않았다.

설비가 있고 그것을 운영할 자금도 있다. 시스템은 전부 갖춰졌다.

'그런데 사람이 없다니……'

그것은 현실의 람롱 그룹 소속 신사업 본부장으로는 느껴본 적 없는 박탈감과도 같았다.

따라서 람화연은 알 수 있었다. 이번 위기를 잘 헤쳐 나가는 것.

'전투나 아이템 따위는 나한테 보상이 아니지. 현실에선 경험할 수 없는 일을 경험하는 것. 바로 이 경력이 향후 나의 밑거름이 되어 줄 거다.'

람롱 그룹에서 뻗어 나가기 위한 그녀에겐 훌륭한 교보재가 되어 주리라.

그 어떤 부정적인 사태도 긍정적으로 받아들이는 그녀에게, 로페 대륙 각국의 지시는 매우 흥미로운 점이었으나 대다수의 유저들은 그렇게 받아들이지 못했다.

일찌감치 퓌비엘의 수도, 아엘스톡으로 돌아간 별초의 길드원들도 마찬가지였다.

"이익— 우리끼리 뭘 하라는 건지! 신대륙 중앙부 병력까지 다 빼는 건 미친 짓 아니에요, 헤인 형님?"

"어쩔 수 없어, 케이. 우리가 괜히 그곳에 남아 봐야 페널티만 더 먹을 테니까. 그리고 블라우그룬 님이 람화연 님의 요새에 남아 있기로 했잖아."

"아무리 이하 형의 드래곤이 있다지만 지금까지 이렇게 많은 사람들이 해 오던 일을 드래곤 혼자 막을 수 있을 리가 없는데!"

혜인이 기정을 달래 보았으나 그런 설득은 통하지 않았다.

말을 하는 혜인조차 이번 조치가 상당히 잘못되었음을 알고 있기 때문이다.

그러나 어쩔 수 없는 일이었다.

자식과 부인을 잃은 국왕에 의해, 퓌비엘의 수도는 혼란 그 자체가 되었으니까.

퀘스트 창을 보며 아엘스톡으로 모여든 유저는 셀 수 없이 많았으나, 그보다 더욱 많은 건 바로 NPC들이었다.

"좀 비켜 봐요! 압사당하겠네!"

"빌어먹을, 비키긴 어디로 비켜? 성문 밖까지 사람이 꽉 찼다는데!"

"멍청한 새끼들아! 암살자가 아직도 여기 있겠냐고! 다른 도시로 가서 좀 찾아봐!"

"으아아아아, 국왕 이 돌아이 새끼! 물약도 안 파는 게 말이야, 방구야!"

"이렇게 해 버리면 우린 어떻게 먹고 살라는 말이에요!"

## [퓌비엘 왕국]: 국민 총동원령 공표

〈본국에 적籍을 둔 2인 이상의 단체를 포함하여, 퓌비엘의 모든 국민은 남녀노소를 가리지 않고 로페 대륙에서 브로우리스의 수배 (생사 불문)를 최우선순위로 할 것. 총동원령이 해지될 때까지 1차 산업을 제외한 모든 산업의 생산과 관리는 국가가 통제함.〉

퓌비엘은 예상처럼 국민 총동원령을 공표했다.

거기에 '우선순위'임을 강조하기 위해 오직 먹고 살기 위한 산업을 제외한 나머지 모든 산업과 경제를 통제하고자 했다.

"이건 좀 심한 거 아닐까요? 아무리 국왕의 퀘스트라지만 이렇게까지…….."

"아들과 부인을 잃은 왕이라고 이해해 주기엔 너무 심하긴 해요. 뭐, 왕궁 드나들면서 그 왕세자와 행복했던 모습들은 기억나지만…….."

징경경의 말을 들으며 보배는 한숨을 내쉬었다.

퓌비엘의 '궁귀'로서 이름을 떨친 그녀는, 왕궁 안에서 국왕과 세자의 사이가 어떠했는지, 국왕과 왕비의 사이가 어떠했는지 알고 있었기에 투덜거리기도 어려웠다.

"브로우리스가 이대로 숨기라도 한다면…….. 두 달도 안 돼서 퓌비엘은 망국이 될지도 모르겠군."

태일은 밀려드는 유저와 NPC들을 가볍게 밀어내며 고개를 저었다. 이런 아비규환이 계속되는 상태로 국가 운영이 될

리가 없다.

그의 투덜거림에 비예미가 덧붙였다.

"키킷, 어차피 퓌비엘 망할 거, 마왕이 일어나도록 둬야 하는 거 아녜요? 기왕 망할 거 다 같이 망해야지."

이번만큼은 보배도 비예미를 몰아붙일 수 없었다.

그것은 실제로 일어날 가능성이 매우 높은 일 중 하나였으니까. 비단 퓌비엘의 사태 때문만은 아니었다.

"싹 다 망해 버리고 〈미들 어스 2〉 이런 거 내려고 하는 건가. 샤즈라시안도 난리 났다던데……."

**[샤즈라시안 연방]: 연방의 존속 또는 해산에 관한 공청회**

1안. 연방의 존속 및 해산에 관하여.

2안. 유크린, 아르지야, 타지토니아의 연방 탈퇴에 관하여.

3안. 연방의 존속 또는 일부 해산 시, 존속 연방의 새로운 대통령 선출에 관하여.

미니스는 문을 걸어 잠갔다. 퓌비엘은 국가의 모든 전력을 한곳으로 몰았다. 샤즈라시안은 사분오열될 가능성이 있다.

크라벤은?

만약 〈신성 연합〉의 이름이 없었다면 또는 신대륙에서부터의 위협이 없었다면 대륙을 통일할 기회를 잡았을지도 모른다.

그러나 그들은 그렇게 움직이지 않았다.

**[크라벤 왕국]: 수도를 포함한 각지 경계 태세 최고 등급 격상**
(기밀 유지 ─ 남방 항로 개척 계속)


남방 항로 개척과 관계된 일은 펠리페 2세를 포함하여 극소수의 유저밖에 알지 못하는 일이었다.

극소수 중 한 명에 속하는 드레벨은 각국에 처해진 조치들을 보며 감탄하고 있었다.

"해군 소속 유저들은 이참에 퓌비엘의 항구를 봉쇄하자고 난리가 났다던데……. 어떤 의미론 대단하군. 만약 남방 항로가 여전히 막혀 있었다면─."

펠리페 2세가 어떻게 움직였을지 장담할 수 없다.

유저들의 제안은 함대 제독들의 귀에도 들어갈 것이고, 함대 제독들이 강하게 건의하면 펠리페 2세도 로페 대륙에서 정복 전쟁을 일으킬지도 몰랐다.

그러나 그런 일은 벌어지지 않을 것이다.

크라벤의 국왕이 눈길을 돌릴 곳이 남아 있는 한, 그들은 구대륙의 다른 국가에게 위해를 가하지 않을 것이다.

드레벨은 갑자기 몸이 떨렸다.

남방 항로 개척을 할 수 있도록 만든 유저가 누구인가.

"역시 퓌비엘의 하이하, 구플 직원인가. 이런 일이 벌어질 거라는 걸 알고 있었으니까 굳이 와서 도와준 것일 수도……."

이번 사태를 여전히 오해하고 있는 한 사람을 제외한다면, 사실상 로페 대륙에 터전을 잡은 유저와 NPC 그리고 그들을 끌어안고 있는 모든 국가가 흔들린 셈이나 다름없었다.

그리고 그 일을 해낸 것은 고작 세 사람.

삼총사라는 이름이 갖는 무게가 어떤 것인지, 유저들은 알게 되었다.

이하는 접속하자마자 한숨을 내쉬었다.

前 세대 삼총사와 現 세대 삼총사 간 전투에만 몰입하고 있던 그에게는 날벼락 같은 소식이었다.

"미쳤다, 미쳤어. 그럼 우리 시티 가즈아는 사실상 미니스에 둘러싸인 도시잖아요! 도로를 이용해서는 거의 아무 곳과도 교류를 할 수 없다는 거네요?"

"그렇습니다, 성주님."

시티 가즈아는 국가전 이후 미니스에게서 받아 낸 도시다.

위치 자체가 미니스를 향해 깊숙하게 들어와 있건만, 미니스에선 그 어떤 도시 간의 이동도 허락지 않고, '타국'의 도시인 시티 가즈아에게는 물류와 교통까지 차단한다면?

'금전적으로 엄청난 손실이잖아! 으으, 젠장.'

외교나 기타 등의 문제로 해결할 수 있는 건도 아니었으므로 이하는 힘없이 고개만 끄덕이며 집사 NPC를 내보냈다.

'들어오자마자 퀘스트 창이니, 뭐니 해서 머리 아픈데…… 잠깐 쉬려고 왔더니 여기도 난리구만.'

기정을 비롯한 별초에서 앞으로의 행보에 대해 물어 왔다. 그것과 유사한 관점에서 람화연이 할 말이 있다고 불렀다.

거기에 이하가 먼저 카렐린에게 물어봐야 할 사항도 있었다.


—혹시 엘리자베스는 찾으셨나요? 어디서 저격했는지 그 장소라도…….


단순하게 생각하면 유리창이 깨진 방향으로 탄두의 궤적을 확인, 그곳에서 역으로 뻗어 나간 지점으로 저격수의 위치를 확인할 수 있어야 한다.

그러나 엘리자베스가 누구인가.

이제는 이하도 몇 번에 걸친 〈커브 샷〉을 할 수 있을 지경이다.

'커브 샷의 마스터는 대미궁의 끝까지도 뻗어 나가게 만든다고 했어. 엘리자베스가 그 수준인지는 모르겠지만…… 어쨌든 나보다는 훨씬 뛰어나다고 봐야겠지.'

그렇다면 유리창을 깨고 들어온 탄두의 방향 따위로 그녀의 저격 위치를 확인하기는 어려울 터, 대규모의 인원을 활용한 수

색밖에 답이 없는데 그럴 여유조차 샤즈라시안엔 없었다.

─죄송합니다. 저희가 먼저 협조를 부탁드렸지만, 지금은
역시 그럴 상황이 아니군요.

카렐린을 비롯한 샤즈라시안의 관직에 앉은 유저들은 샤즈
라시안 연방이 해체되는 걸 막아야 한다는 일념으로 힘을 모
으는 중이었다.

그러나 일념으로 되는 일이 아니다.

그게 권력의 싸움인 이상, 서로 다른 계파에 소속된 유저들
끼리 힘을 합하면서도 또 서로 견제를 해야만 하는 상황이다.

카렐린이 이하의 부탁을 더 이상 들어 줄 수 없는 이유이기
도 했다.

"후우, 이 퀘스트는……. 어쩐다."

**[국민 총동원령]**

설명: "이것은 단순히 적자를 잃고 적통을 낳아 줄 비를 잃은 짐의
아픔 때문이 아니다. 영혼을 잃고 구천을 떠도는 퓌비엘의 옛 영웅
을 구해 내는 데에 온 국민이 힘을 쏟기를 바랄 뿐……. 그를 직접
죽이지 않아도 좋다. 그의 거처만 확인해 주어도 나는 그대를 퓌비
엘의 새로운 빛으로 칭하리니."

─ 퓌비엘의 모든 국민은 국왕의 명을 받들라. ─


내용: 브로우리스의 위치 정보 확보 (일부 달성)


　　　브로우리스 생포 또는 척살 (완전 달성)

보상

: 일부 달성 시) 업적─퓌비엘의 새로운 빛

　　　　　　　퓌비엘 보물 창고 획득 권한 (2개)

　　　　　　　퓌비엘 국가 공적치 4,000

　　　　　　　대륙 공통 명성 2,000

　　　─단, 해당 위치 정보를 활용한 생포 또는 척살이 이루어진

　　　후 지급

: 완전 달성 시) ?

실패 조건: 사망 시

　　　　　퓌비엘의 국왕 사망 시

　　　　　퓌비엘의 왕자 2명이 모두 사망 시 (0/2)

실패 시: ?


[강제 퀘스트가 적용됩니다.]

[퀘스트 완료 시까지 타 퀘스트의 완료가 제한됩니다.]

[퀘스트 완료 시까지 로페 대륙을 벗어날 수 없습니다.]

[퀘스트 참여 유저 누계: 22,364,805명]

접속과 동시에 적용되어 버린 강제 퀘스트를 보며 이하는 한숨을 내쉬었다.

"개인적인 복수가 아니라고 말하는 게 더 웃기지. 그 국왕 그렇게 안 봤는데 말이야. 아니, 가족이 죽은 거라고 생각하면 뭐…… 실제 사람이었어도 이랬을지 모르지만."

이번 퀘스트가 클리어되기 전까지 다른 퀘스트를 할 수 없다.

하물며 로페 대륙조차 벗어날 수 없다. 이하는 새삼 미들 어스에서 '국왕'이라는 존재가 갖는 힘을 알게 되었다.

이렇게 강제적으로 제한을 받는 퓌비엘 소속 유저의 수는 약 2200만 명이라니.

"어이가 없어서 웃음이 다 나는구만. 2천만 명이 넘는 유저가 브로우리스 소장이 사망할 때까지 로페 대륙에 묶여 있어야 한다니……."

신대륙이 어느 정도 레벨이 필요한 필드임을 감안한다면, 사실 로페 대륙에서만 활동하는 것도 큰 문제는 아니다.

다만 다른 퀘스트를 클리어할 수 없게 만드는 게 문제일 뿐.

이하는 푹신한 의자에 등을 기대며 책상 위로 다리를 올렸다.

어차피 이 퀘스트는 클리어해야 한다. 어디서 어떻게 풀어 나가야 할까.

'로페 대륙을 벗어날 수 없다는 것. 결국 이게 힌트인가? 소장은 구대륙에 있다. 신대륙으로 가지는 않을 거야.'

〈마나 중계탑〉을 이용한 텔레포트를 못 하게 막아 버린다면 그들은 로페 대륙을 벗어날 수 없다.

이렇게 큰 문제를 일으켜 놓고 배를 타고 다시 신대륙으로 돌아간다?

이하는 그럴 확률도 낮다고 보았다.

'파우스트가 삐뜨르에게 죽은 현재, 삼총사를 누가 컨트롤하는지 모르지만, 어쨌든 파우스트가 없는 이상 마왕군 놈들은 시간을 끌기 위해서라도 삼총사를 적극적으로 활용해야 할 거야.'

그렇다면 모든 국가의 요인들을 죽여 혼란을 더 키우는 게 그들의 목표일 것이다.

"암살이 이번 한 번으로 끝나지 않겠군."

그들은 올 것이다.

이렇게 엄중한 경계를 뚫으며 다시 요인 암살을 시도할 것이다.

'그렇다면ㅡ.'

이하의 머릿속에 무언가가 떠오른 순간, 그의 곁에서 연분홍빛이 두 번 번쩍거렸다.

"너무 여유로운 거 아닙니까."

"살판났구만, 살판났어."

삼총사의 텔레포트를 사용한 키드와 루거였다.

이하를 탓하듯 말하는 그들이었지만 눈은 시티 가즈아의 성주 집무실을 훑어보기 바빴다.

"벌써 왔어? 안 그래도 연락하려고 했는데."

"나한테? 알려 줄 정보라도 있나?"

자신과 다른 정보 루트를 지닌 이하에게 은근한 기대감을 갖고 있던 루거가 물었다.

"아니, 나도 방금 왔는데 뭘 들었겠어. 당신들은? 나보다 먼저 왔으면 뭐 들은 거 있는 거 아냐?"

그러나 이하는 고개를 저으며 말했다.

루거가 혀를 찼지만 키드는 의자를 하나 가져와 이하의 맞은편에 앉았다.

"들은 건 없지만 아는 건 있습니다."

"뭔데?"

키드가 모자까지 벗으며 말했다.

이하가 키드를 향해 자세를 잡자 루거도 어디선가 의자를 가져와 키드와 이하를 모두 바라보는 옆자리에 앉았다.

"세 사람이 강하다는 것."

세 사람은 거의 비슷한 간격을 두고 삼각형의 꼭짓점을 이뤘다.

루거는 키드의 말을 들으며 헛웃음이 났다.

"푸하! 당연한 거 아닌가? 그 얘기를 하려고 나한테 하이하에게 가자고 한 거야? 이미 우리는—."

"아니, 우리를 말하는 게 아닙니다, 루거."

키드가 낮은 목소리로 말했다. 그를 비웃으려던 루거의 입가에서도 미소가 사라지고 있었다.

이하는 키드를 비웃지도, 루거를 놀리지도 않았다.

"내가 연락하려던 게 바로 그거였어."

"당신도 같은 생각입니까."

키드의 눈썹이 씰룩였다.

"응. 세 사람은 반드시 다시 암살을 시도할 거야. 하지만…… 우리 셋이 전 세대의 삼총사 셋과 붙어서 이긴다고 확신할 수는 없지."

"두 놈 다 미쳤군. 약한 소리 할 거면 총 내놓고 꺼져라."

루거는 이하의 말에 즉각 반박했다. 이하는 루거를 바라보았다.

"진심으로 브라운과 1:1을 해서 이길 수 있을 거라 생각해? 아니, 브라운이 아니라 엘리자베스나 브로우리스 소장, 그 누가 되었든. 당신이 1:1로 정말 이길 수 있다고 믿어?"

아주 차분한 말투였으나 그 안에 담긴 의미는 분명했다.

이하는 처음부터 루거의 답변을 기다리지 않았다. 만약 루거의 '본능'이 자신의 질문에 '그렇다'라고 답했다면 애당초 그는 이곳에 오지도 않았을 테니까.

키드도 같은 생각이었다.

"저 셋은 강합니다. 등을 맞대지 않아도 삼총사의 이름을 떨치기에 충분히 강했습니다. 하지만 활약은 개별적입니다."

"맞아, 바로 지금처럼. 생전에는 분명 끈끈한 전우애도 있었을지 몰라. 하지만 지금 저들은 개별 활동을 하고 있어. 무슨 말인지―."

"퉤, 나도 안다."

루거는 의자에서 천천히 일어섰다.

그는 〈코발트블루 파이톤〉을 쥐었다. 키드와 이하는 잠시 놀란 눈을 했으나 곧 웃음기를 머금게 되었다.

"우리는 전우애는 없을지 모릅니다. 끈끈하지도 않습니다. 그러나……."

키드도 서서히 자리에서 일어났다. 그는 〈크림슨 게코즈〉의 모든 탄창을 빠르게 채웠다.

이하는 키드의 말을 받아 그가 하고자 했던 문장을 마무리했다.

"등은 맞댈 수 있다는 거지."

삼총사와 삼총사가 싸워야 한다.

서로 실력이 엇비슷하다면, 끈끈한 전우애와 등을 맞댈 수 있는 쪽이 강할 것이다.

그러나 마왕군으로 되살아난 지금, 그들은 전우애가 없어졌을 것이다.

'뭐, 우리도 전우애…… 비스름한 무언가는 있겠지만, 일단

없다고 쳤을 때…….'

이하 자신도 전우애라고 말할 정도의 무언가는 아니라는
걸 안다.

즉, 두 개의 조건이 같다면 다른 하나의 조건을 달리하여 아
군이 유리해지게 만들 수 있는 것 아닌가.

"쉽게 말해라, 쉽게! 3:3을 하는 게 아니라, 3:1을 세 번 하
자는 소리를 뭘 그리 어렵게 하고 있나."

세 명이 힘을 합해 상대하자는 말을 루거는 간단하게 정리
했다.

세 사람은 누가 먼저 말하지 않아도 텔레포트할 곳을 알고
있었다.

암살자는 암살 목표를 향하게 되어 있다. 전 세대의 삼총사
가 최초 암살 대상으로 각기 한 국가씩 맡았다면…….

브로우리스는 퓌비엘의 왕궁 부근에서 다시 만날 수 있으
리라.

"하여튼 낯 뜨거운 소리들은 잘해 가지고, 꼭 약한 녀석들
이 그렇게ㅡ."

루거의 투덜거림을 마지막으로 세 사람의 모습이 사라졌다.


같은 시각, 미니스에서도 마침내 본격적인 움직임이 시작
되었다.

"후우우……. 로메로 추기경을 교황으로 당선시키자고 상

소할 때에도 이렇게 긴장은 안 했었는데…….”

“내가 그리 못 미더운가, 서 라르크.”

“당치도 않는 말씀이십니다, 에윈 총사령관님. 들어가시죠.”

사실상 완파에 가깝게 무너진 미니스 왕궁에 급히 마련된 회의 장소로 에윈과 라르크는 발을 옮겼다.

내부에 있는 NPC는 고작 세 명이었다.

세자가 아닌 미니스의 네 번째 왕자와 재무 장관 그리고 법무 차관. 그나마도 재무 장관과 법무 차관의 상태는 정상이 아니었다.

“오오오, 에윈 원수! 어서 오시오.”

“오랜만에 인사드립니다, 왕자님.”

“역시 그대를 〈신성 연합〉으로 보내는 게 아니었어. 그대가 있었다면 아바마마께서 저런 일을 겪지 않으셨어도 될 텐데.”

제4왕자는 버선발로 달려와 에윈을 끌어안았다.

아직 어리기만 한 10대의 왕족에 그가 이번 변고에 휘말리지 않은 이유 또한 왕궁을 떠난 별장에서 지냈기 때문이지 않은가.

‘국정에 전혀 관심도 없는, 세자나 다른 왕자들에 비하면 사실상 없는 캐릭터 취급인 NPC였는데.’

국왕의 직계 혈통 중 현재 혼수상태가 아닌 유일한 NPC가 노는 걸 좋아하는 꼬맹이라니.

게다가 이곳에 자리하고 있는 것조차 불안해하고 있는 재무 장관과 법무 차관은 또 어떠한가.

물론 그들을 이해하지 못하는 것은 아니었다.

재무 장관은 부러진 팔다리로 이곳에 오느라 땀을 뻘뻘 흘리고 있었고, 법무 차관은 오른쪽 무릎 아래가 절단되어 일어설 수조차 없는 상태였으니까.

노는 걸 좋아하는 꼬맹이와 겁에 질린 관료들을 어떻게 설득해야 할까.

담백하게 예를 갖추고, 왕자가 자리로 돌아가자 니콜라스 재무 장관은 즉시 입을 열었다.

"언제 돌아올 예정입니까, 에윈 원수."

에윈은 답하지 않고 그들이 앉은 탁자로 걸어가 한 자리를 차지했다.

라르크는 조용히 에윈의 뒤에 서서 한숨을 삼켰다.

"글쎄요. 말씀드리기 어렵겠군요, 니콜라스."

에윈은 느긋하게 말했다.

비상사태가 아니라 티-타임에라도 온 것 같은 말투였다. 세 명의 NPC는 눈을 동그랗게 뜨고 에윈을 쳐다보았다.

"그, 글쎄요라니. 어떻게 그리 무책임한 말을 할 수 있단 말입니까. 수도의 방위가 실패한 이런 상황에서 〈베르튜르 기사단〉의 단장조차 해임하지 못하고 있는 이유가 무엇인데, 원수가 돌아와 이 모든 일을 지휘해야 한다는 걸 알지 못하는 거요? 차기 〈베르튜르 기사단〉의 단장직을 포함하여, 군사 전권을 에윈 원수에게—."

"이것은 천재天災였습니다. 막을 수 없는 재앙이 있었던 것에 통감하지만 어찌 그런 이유로 기사단장을 해임할 수 있단 말입니까? 오히려 혼란만 가중될 뿐이지."

"처, 천재? 어찌 그리 쉽게 말할 수 있습니까! 분명한 적이 존재하지 않소! 그들이 20년 전 퓌비엘의 '삼총사'라는 것도 이미 밝혀진 일이오! 퓌비엘에서조차 브로우리스를 잡기 위한 총동원령이 내려진 걸 모른단 말이오?"

"삼총사는 죽었습니다."

"뭐요?"

에윈은 여전히 느긋했다.

역정을 내던 니콜라스도 고개를 갸웃거렸다.

각 국가들이 이토록 빠르게 대처할 수 있었던 일 중 하나가 바로 적의 존재를 확실히 할 수 있기 때문이지 않은가.

"전하께서 마왕군의 습격을 당해 중태에 빠지셨다고 알릴 겁니까. 아니면 퓌비엘의 옛 영웅에게 당했다고 알릴 겁니까. 어느 쪽으로 보아도 혼란만 가중될 뿐이지요."

"……하지만 따로 공표하지 않아도 백성들은 반드시 알게 될 겁니다, 에윈 원수님."

"나도 법무 차관의 말이 맞는다고 생각합니다. 당장 퓌비엘과 샤즈라시안에서 일어난 사건들이 있는데— 미니스의 백성이 바보라고 생각하는 건 아니겠지요, 에윈 원수."

"그런 건 중요하지 않습니다. 문제는 '우리', 미니스의 왕궁이 어떻게 인식하느냐가 중요한 점이니까요. 의연하게 대처하려면 이 모든 일들을 〈천재지변〉으로 삼고, 나 또한 〈신성연합〉의 총사령관으로 남아 있어야 합니다."

"궤변! 원수는 이런 상황에서, 왕자님의 앞에서 그런 궤변을 늘어놓는 겁니까!"

니콜라스는 법무 차관의 도움을 받으며 기세등등하게 말했다.

그러나 에윈은 일말의 당황함도 없었다. 정작 이들의 대화를 들으며 당황한 것은 라르크였다.

'이 영감이 왜 이렇게 우겨? 말이 되는 소리를 해야지!'

초원의 여우라는 별칭을 지닌 장군이다.

그의 AI가 얼마나 뛰어난지는 라르크가 가장 잘 안다고 봐도 과언이 아니다.

그런 AI가 기껏 자신을 믿으라고 한 게 이런 억지라고?

'내가 끼어들어야 하나. 하긴, 처음부터 유저의 힘이 없이 NPC끼리만 모든 게 돌아갈 리가 없겠지. 젠장……. 하지만 이렇게 진행된 논리를 처음으로 돌리기는 힘든데.'

함부로 끼어들기에도 힘든 상황이었다.

라르크는 현재 에윈의 보좌관 자격으로 온 것이다.

애당초 이들과 이런 대화를 나눌 격도 되지 않는 데다가, 에윈이 아니었다면 라르크 또한 〈베르튜르 기사단〉의 평기사로서, 수도 방위에 실패한 책임을 지어야 할지도 모르는 상황이기 때문이다.

에윈은 한숨을 가볍게 한 번 내쉬고 왕자를 바라보았다.

"왕자님."

"말하시오, 에윈 원수."

"저는 지금 궤변을 늘어놓고 있습니다."

"그, 그거야— 나도 듣고 있소. 니콜라스 재무 장관의 말이 옳다고 느껴지는군."

왕자는 니콜라스의 눈치를 슬쩍 보며 말했다. 에윈은 왕자의 말을 들으며 고개를 끄덕였다.

라르크로서는 더욱 당황스러운 일이었다.

'미쳤나, 영감탱이가! 제 입으로 궤변이라고 말하면 어쩌자고 이런……. 아니다. 궤변, 궤변?'

당장 개입해서라도 뜯어말리려 하던 라르크의 머리가 갑자기 돌아가기 시작했다.

에윈이 누구인가.

그가 미니스에서 갖는 입지가 어떠한가.

자신의 주장을 스스로 궤변이라 하는 이유는?

"니콜라스."

"크흠, 됐소. 저도 에윈 원수의 뜻을 모르는 것은 아니니, 우선 복귀 후 맡아야 할 군세의 통합부터 처리해 주신다면—."

"내가 궤변을 한다는 게 어떤 뜻인지 이제 알아챌 때도 되지 않았소?"

"……뜻?"

니콜라스가 고개를 갸웃거렸다.

에윈은 그를 지그시 바라보며 말했다.

"내가 재앙이라는 궤변을 하지 않고서는 막을 수 없는 적이라는 의미 말이오."

그 순간 모두의 입이 다물어졌다.

그것은 자신의 입지에 대한 절대적인 확신이 있기에 할 수 있는 전략이었다.

모두가 기대야 할 정도로 똑똑한 NPC가 오직 이것만이 단하나의 방법이라고 제안한다면?

들어 줄 수밖에 없다.

에윈을 이곳으로 불러들였다가 상황이 악화됐을 경우를 고려한다면, NPC들은 더더욱 그런 식으로 행동할 수 없게 된다.

왕자와 재무 장관, 법무 차관 모두 넋을 잃고 에윈의 의도를 받아들이고 있을 때, 에윈은 다시 입을 열며 말했다.

"〈신성 연합〉의 총사령관은 로페 대륙 전 국가의 연합이자에즈웬 교황의 전권 대리로서 전황에서의 모든 결정권을 지닌 자입니다. 그런 내가 본국으로 돌아온다 한들, 전하께서 깨어나셨을 때 좋아하실 것 같습니까.”

에윈은 잠시 쉬었다.

라르크는 에윈이 무엇을 기다리는지 알았다.

라르크가 바라보는 니콜라스의 눈빛이 천천히 돌아오고 있었다.

“니콜라스 장관은 전하가 꾸셨던 꿈을 모른다고 하지는 않을 겁니다. 로페 대륙을 일통하고자 했던 이유가 바로 그 꿈을 위해서였지요.”

“모든 인간이 평화롭게 사는 세상을 말하는 거요?”

“맞습니다.”

“에윈 원수가 〈신성 연합〉의 총사령관직을 유지하는 것으로 그게 가능하다는 말입니까.”

니콜라스의 목소리는 조금 바뀌어 있었다.

에윈은 고개를 끄덕이며 그에게 답했다.

“이 늙은이의 목을 내어 주어야 할 상황이 나오더라도……. 방향 자체는 맞을 겁니다. 여우의 수명도 그리 길지는 않다지요. 이 초원의 여우가 바라는 건 하나뿐입니다. 현재 상황에서라면 니콜라스 재무 장관밖에 할 수 없는 일이지요.”

“그게 무슨 일입니까.”

“퓌비엘의 한 사람을 〈신성 연합〉으로 보내 주십시오, 가급적 빠르게. 그가 있으면 본국뿐 아니라 로페 대륙의 각국이 문제를 처리할 시간을 벌 수 있을 겁니다."

"퓌, 퓌비엘? 누구를 말하는 거요?"

니콜라스의 물음을 들으며 라르크의 머릿속에 한 사람이 떠올랐다.

'하이하……일 리가 없지.'

에윈과 하이하가 접점은 있다지만 현 상황에서 이하를 필요로 할 리가 없다.

그러곤 곧 허탈함에 쓴웃음을 지었다.

가장 먼저 그 이름이 떠올랐던 이유는 현재 자신이 필요로 하는 인물이라는 뜻이지 않은가.

'비대칭 전력을 지니고 있다지만……. 오히려 그렇기 때문에 부르지 않는다. 차라리 로페 대륙에서 일어난 문제들을 빠르게 처리하도록 두는 게 낫지. 당장 〈신성 연합〉에서 필요한 거라면 역시 병력인가? 근데 병력을 한 사람으로 대체하는 게 쉽지는 않을 텐데…….'

신대륙을 기반으로 활동하던 유저와 NPC 상당수가 로페 대륙으로 건너온 상태다.

미니스 소속 유저 중 개인 플레이를 지향하는 자는 몇몇이 남아 있을 수 있겠지만, 5인 이상의 길드. 즉, 사실상의 모든 길드와 모든 기사단은 '원복'했다.

샤즈라시안 유저 중에서 아직도 신대륙에 남아 있는 건 공청회 같은 일에 전혀 관심이 없는 유저들뿐이라지만, 그런 유저도 많을 리 없다.

권력의 구도가 뿌리부터 흔들려서 새로 개편되는 시기에 신대륙에서 활동할 정도의 고레벨 유저는 '새로운 기회'를 찾을 수 있다는 의미이기 때문이다.

'그나마 크라벤 사람들이 좀 자유롭겠지만 갑자기 해양 관련 직업군들이 다 빠져나갔단 말이지.'

바다에서 플레이해야 숙련도가 높아지는 직업군이라지만, 레벨 업 자체는 육지에서도 할 수 있다.

그러나 최근, 신대륙에서 사냥이나 필드 보스 레이드를 하던 크라벤 유저들의 상당수가 복귀하지 않았던가.

크라벤의 '남방 해역'이라는 새로운 필드가 열렸음을 일반적인 직업군의 유저들이 알 수는 없는 일이었기에, 라르크조차 제대로 파악하지 못하는 건 당연한 일이었다.

'결국 싸울 수 있는 병력은……'

팔레오.

그 이름을 떠올리는 순간, 라르크도 에윈이 어떤 말을 할지 깨달을 수 있었다.

'영물과 팔레오, 강하긴 하지만 그들만으론 안 돼, 숫자가 부족하지. 그리고 부족한 숫자를 메우기 위한 방법은 두 개다.

하나는 병력의 보충이고 또 하나는 전략과 전술을 자유자재로 다룰 줄 아는 사람. 그리고 병력의 보충이 안 되는 지금이라면……!'

라르크의 머리가 빠르게 회전을 마쳤을 무렵, 에윈은 왕자에게 예를 갖추며 자리에서 일어섰다.

그러곤 니콜라스에게 나지막이 말했다.

"내가 필요한 건 그 녀석뿐입니다."

니콜라스의 표정이 바뀌고 있었다. 라르크도 그의 심경을 충분히 이해했다.

에윈이 필요로 하는 인물은 퓌비엘의 '떠받치는 자', 그랜빌이었다.

국가전 당시 퓌비엘의 총사령관이자, 현재 퓌비엘 국민 총동원령을 선두에서 지휘하고 있는 NPC를 어떻게 빼올 수 있는가.

'이 시국에 그랜빌을 내어 줄 리가 없어. 쯔쯔, 불쌍한 니콜라스. 한동안 죽어 나가겠군.'

라르크는 니콜라스가 불쌍하면서 우스운 생각이 들었다.

시시콜콜 부딪치던 NPC의 고생을 지켜보는 것도 나쁜 일은 아니다. 그러나 라르크는 다른 생각을 떠올렸다.

모두를 설득해 낸 에윈이 그를 데려온 이유가 무엇일까.

"서 라르크를 니콜라스 재무 장관의 보좌로 붙일 테니, 최대한 빨리 부탁드리오."

"네? 총사령관님?"

라르크와 에윈은 서로를 바라보았다. 초원의 여우는 찰나의 순간, 라르크에게 윙크했다.

무어라 말할 수도 없이 니콜라스는 고개를 끄덕이곤 라르크에게 손을 내밀었다.

"크흠, 서 라르크라면야……. 〈베르튜르 기사단〉에서의 활약은 익히 알고 있소. 임시로 외교 보조가 되어 준다면— 해볼 만하겠군. 일주일 안에는 보낼 수 있도록 퓌비엘을 설득해 보겠습니다, 에윈 '총사령관'."

니콜라스가 에윈을 부르는 호칭이 미니스의 원수에서 〈신성 연합〉의 총사령관으로 바뀌었을 때, 라르크의 눈앞에 홀로그램 창이 떴다.

그리고 라르크는 자기가 만든 계획에 속은 자신에게 욕을 하고 있었다.

'이 멍청한 라르크 새끼야!'

퓌비엘의 수도 인근은 북적대는 인원으로 발 디딜 틈도 없을 정도였다.

삼삼오오 모여 있는 소그룹부터, 200인 이상의 대형 길드까지 목표는 모두 하나였다.

"분명 이동 흔적을 남겼을 거다! 그것부터 찾아야 해!"

"이번 일은 우리 황룡이 해낸다!"

"찾기만 해도 대박이야! 처리는 페이우 님께 맡기면 되니까 욕심부리지 말고 특이 사항은 즉각 보고 하도록!"

[브로우리스 색출]이라는 특명은 퓌비엘의 전체 참가 유저의 약 30%가량을 수도 인근에 묶어 두었기 때문이다.

이하와 루거, 키드도 마찬가지였다.

퓌비엘의 수도가 내려다보이는 언덕에서 그들은 주저앉아 있었다.

"난리네, 난리야."

이하의 가벼운 감상을 들으며 루거는 눈살을 찌푸렸다.

"브로우리스 소장을 찾는다고 크라벤까지 건너간 놈도 있더군. 멍청한 놈들이지. 퓌비엘 전체 유저 중에 대가리 돌아가는 게 고작 30%밖에 없나. 소장은 당연히 이곳으로 돌아올 텐데."

"……암살이 일어나지 않은 국가는 크라벤과 에즈웰 두 곳이니, 그곳에 서 나타날 가능성이 있다고 계산하지 않았겠습니까."

"퉤, 웃기지 말라 그래. 그쪽은 혼란시킬 필요가 없기 때문에 안 간 거다."

키드는 자신의 말에 강하게 반박하는 루거를 보고도 개의치 않았다. 실제로 그 또한 루거와 같은 생각을 하고 있었기 때문이다.

그것은 이하도 마찬가지였다.

"크라벤의 군사력은 제독들을 중심으로 돌아가니까."

"호오? 한동안 크라벤의 바다에서 놀고 있더니 크라벤 조직도 공부를 했나 보지?"

"날 너무 무시하는데? 그 정도는 상식이지!"

루거는 진심으로 놀란 얼굴이었다. 오히려 그 눈빛을 받는 이하가 당황스러울 정도였다.

도대체 루거는 평소에 자신을 어떻게 생각하고 있기에 이러는 걸까.

"하이하 놈도 아는 상식을 모르는 70%의 얼간이들이 불쌍해지는군."

"루거, 당신 진짜— 에휴, 말을 말자. 하여튼 크라벤은 부술 필요가 없고, 에즈웬은 교황이 있으니…… 그들이 부술 수 없었던 거겠지."

루거에게 한 방 쥐어박고 싶은 마음을 가까스로 참으며 이하는 분석을 마쳤다. 키드는 묵묵히 고개를 끄덕였다.

셋 모두 같은 판단을 내리고 있다.

로페 대륙을 혼란에 빠뜨려서 신대륙의 마왕군이 시간을 벌고자 함이라면, '그들'은 다른 곳으로 움직일 필요가 없다.

"차라리 한 번 더 공격을 감행해서 일어서지도 못할 정도로 두들기는 게 낫지."

"그리고 애당초 의지가 없지 않습니까. 신대륙에서 그들을 실시간으로 조종하는 게 불가능하다면, 어차피 처음 지정된 목적에 변동은 없을 겁니다."

"돌아갈 배편도 없다. 로페 대륙을 떠나는 건 불가능해."

합리적인 도출이든 시스템적인 분석이든 그들은 최초 암살 실행 국가를 벗어나지 않을 것이며 해당 암살을 지속적으로 해 올 가능성이 높다.

그들이 로페 대륙에 잠입할 수 있었던 것은 〈마나 중계탑〉을 이용한 텔레포트를 하지 않고 배를 타고 왔기 때문이다.

마기에 젖어 버린 생명체들은 그곳에서 발각될 위험이 있으니까.

그러나 지금은 〈마나 중계탑〉의 이용 자체가 멈춘 상태였으므로, 발각의 위험을 무릅쓰고 돌아가고자 해도 돌아갈 수 없다.

"그렇다면 언제 오느냐가 문제인데……."

"언제 올지를 분석하는 것도 중요하지만, 소장님을 막을 방법을 생각하는 게 더 좋을 겁니다."

"키드, 너 따라갈 수 있냐."

루거의 물음에도 키드는 답하지 않았다.

침묵하는 그를 보며 이하와 루거의 표정도 무거워졌다.

언제 온다 한들 무슨 상관인가. 막을 방법을 찾아내지 못하면 눈 뜨고 당하는 꼴이 될 것 아닌가?

"공간 잠금도 해야 할 것이고— 설령 그게 블링크가 아니라 해도 탈출을 못 하게 막는 효과는 있겠지. 아, 설마 국왕 암살 보호를 두 번이나 하게 될 줄이야."

"그게 무슨 뜻이지?"

"예전에 삐뜨르 놈이 한 번 오려고 한 적이 있었는데, 나라 씨랑 해서 막은 적이 있긴 하거든, 쩝. 생각해 보니 〈세이크리드 기사단〉과 나라 씨도 있고, 별초와 람화정 씨도 수도에 있고, 페이우도 있으니 어떻게든 되긴 될 것 같은데⋯⋯."

이하는 기지개를 켰다.

현재 수도에 있는 퓌비엘 소속 랭커만 도대체 몇 명인가.

브로우리스가 강하다지만 이 정도의 인원이라면 충분히 상대할 수 있다.

그것이 바로 문제였다.

기지개를 켜던 이하의 표정이 어두워졌다.

"그러니 쉽게 모습을 드러내려 하지 않겠지. 피로트-코크리에 의해 살아난 소장님이라면 의지는 없을지언정 생전에 자신이 습득한 것들은 전부 기억하고 있을 거야."

〈미드나잇 서커스〉의 단장을 경험해 본 이하였기에 알 수 있었다.

브로우리스는 삼총사인 머스킷티어이기도 하지만 동시에 특급 암살자이기도 하다.

그에게 이미 입력된 각종 정보와 습관은 그대로 이어져 있을 것이다.

랭커들이 잔뜩 있는 수도에 다시금 암살을 하러 올 이유가 없다는 의미다.

"빌어먹을, 얘기가 돌고 도는군."

루거는 풀을 쥐어뜯으며 짜증을 냈다. 그럴 만한 상황이었다.

분명히 목표물을 노리고 나타날 것이다. 그러나 사람이 많으면 나타나지 않을 것이다.

사람이 줄어들 때까지 기다려야 할까?

퓌비엘 총 참여 유저는 2천만 명이 넘는다.

무작정 기다리자니 그게 바로 '마왕군'이 원하는 일이므로, 기다려선 안 된다. 하루빨리 그를 찾아야 한다.

그러나 그는 찾을 수 없다.

목표물을 노리고 나타날 것이므로……

도돌이표 같은 상황 분석만큼 답답한 건 없다.

키드는 자리에서 일어났다. 당연히 도돌이표 상태로 둘 생각은 없었다.

"위험을 감수하는 수밖에 없습니다."

그의 한마디에 루거와 이하는 곧장 반응했다. 그들도 떠올릴 수 있는 아이디어 중 하나였기 때문이다.

"……왕을 내놓자는 건가."

"소장님이 물지도 의문이긴 하지만, 설령 문다고 해도 우리가 실수하면 다 끝이야."

물론 쉽사리 말하지 못한 것은 위험부담 때문이었다.

"실수 없이 끝내면 됩니―."

타아아앙―――――――……!

"총성?!"

키드가 말을 채 마치기도 전, 멀리서 들려오는 익숙한 소음.

이하와 루거도 곧장 자리에서 일어섰다.

수도 내에 머스킷 아카데미가 있으므로 총성은 특별한 게 아니다. 그러나 지금 이 자리는 수도에서 나는 총성이 들릴 정도의 거리가 아니다.

"수색 나온 머스킷티어 유저가 오발이라도 한―."

우우우우웅……!

이하는 입을 다물었다.

삼총사의 눈에 보이는 것은 제법 큰 연보랏빛의 돔Dome이었다.

그게 무엇을 의미하는지는 더 설명할 것도 없었다. 섬뜩한 느낌이 들기 무섭게 세 사람은 스킬을 사용했다.

이하의 〈독수리의 눈〉에는 확실히 들어오고 있었다.

연보랏빛 안에서 추풍낙엽처럼 쓰러져 가는 유저들과, 그 유저들의 곁에서 아주 잠깐씩 그 모습이 보이는 그림자와 같은 것.

특급 암살자 브로우리스는 확실히 일반인들의 패턴대로 움직이지 않았다.

'다 죽여 버리면 그만이라는 건가!? 말도 안 돼! 게다가 녹화된 화면은 성능이 안 좋아서 그런 줄 알았더니……'

자신의 눈으로 직접 보는 상태에서도 그 움직임을 쫓기 어렵단 말인가.

루거 또한 브로우리스의 활약을 실제로 보며 별다른 말을 하지 않았다. 키드 역시 감상을 남기진 않았다.

"엄호하십시오."

그는 감상을 남길 필요도 없었으니까.

"자, 잠깐! 키드!"

"〈아흐트-아흐트〉. 준비해!"

"젠장, 준비하는 게 문제가 아니라— 빌어먹을!"

뭐가 보여야 쏘던가, 말던가 하지 않겠나. 이하는 연보랏빛 돔까지의 거리를 빠르게 체크한 후 곧장 클릭을 조절했다.

'거리는 대략 3km 남짓인가.'

이하의 결정은 빨랐다.

콰아아아아————————o!

루거는 이미 첫 번째 포격을 실시한 상태였다.

"젠장, 이거 한 방에 두 놈이나 죽었다고? 저런 약골 새끼들이 소장을 어떻게 잡는다고— 뭐 하고 있나! 빨리 쏘지 않고…… 눈?"

주변의 유저 몇몇이 말려들어 순식간에 카오틱 유저가 되었으나, 지금은 그런 것에 신경 쓸 때가 아니었다.

이하를 다그치던 루거는 잠시 인상을 찌푸렸다.

연보랏빛 돔 위로 눈이 내리고 있었다.

Geschoss 9.

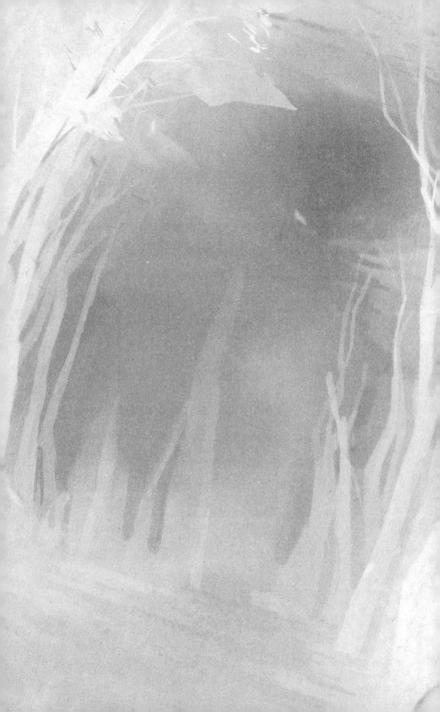

"쳇…… 티아마트 때의 그건가."

"응, 내가 눈으로 쫓을 수 있는 상대가 아니야."

그렇다면 점이 아니라 면, 나아가 입체의 공간으로 공격해야 한다.

이하의 총구 끝에 하얀 빛이 모여들고 있었다.

루거는 다시 한 번 포격했다.

굉음과 함께 연보랏빛 돔 안에서 폭염이 일었다. 루거의 공격에 휘말려 사망한 유저는 또 한 명 늘어났다.

바람을 타고 오는 총성은 끊이지 않고 있었다. 루거의 포격 와중에도 브로우리스는 착실하게 유저들을 죽이고 있다는 증거였다.

"젠장, 그럼 빨리 쏴! 뭐 하나? 아직도 브로우리스 소장에게 감정이 남았나?"

"쏘기 싫어서 안 쏘는 게 아니니까 조용히 하고 있어."

잇소리를 내던 루거도 더 이상 이하를 몰아붙이지 않았다.

총구 너머의 목표물을 바라보는 눈빛만 봐도 이하가 얼마나 진지한지 알 수 있었기 때문이다.

'제발, 빨리, 빨리. 왜 이렇게 하늘하늘 떨어지는 거야!'

답답한 건 이하도 마찬가지였다. 당연히 격발 시점은 티아마트 때보다 늦을 수밖에 없었다.

〈하얀 죽음〉은 강설량의 영향을 받는 스킬이다.

티아마트는 공중에 있었으므로, 눈발이 그 근처에 도달하자마자 써도 상관없었지만 지금은 아니다.

눈이 쌓일 정도는 아니더라도 지면에 도달하는 눈의 양이 어느 정도 되는 시점에 격발해야 한다.

"날 새겠군! 빌어먹을!"

루거는 다시 한 번 방아쇠를 당겼다.

멀리서도 소름 끼치도록 들려오는 폭음이 사라질 무렵 총성이 뒤섞이기 시작했다.

"키드가 벌써 도착했다. 놈도 같이 죽일 건가? 캬하핫, 말리진 않겠지만—."

이하는 루거의 농담에도 답하지 않고 호흡을 가다듬었다.


―키드, 3초 안에 눈 내리는 지역에서 확실하게 벗어나. 전

부 날아간다. 셋.

여러 말할 필요 없었다. 이하는 간략하게 경고하며 카운트
했다.

—둘.

첫 번째 눈송이가 지면에 닿은 지 벌써 7초가 더 흘렀다.
키드의 귓속말이 돌아오지 않아도 그가 몸을 빼내었음을
이하는 알 수 있었다. 루거도 알아차린 이 스킬의 위험성을 그
가 모를 리는 없을 테니까.
그렇다면 더 고민할 필요는 없다.
마침내 흩날리는 눈이 연보랏빛 돔을 전부 감싼 형태가 되
었다고 여긴 순간…….
"아—."

—하나.

루거가 자기도 모르게 신음을 냈다.
이하가 방아쇠를 당기기 직전, 연보랏빛은 사라졌다. 그 이
후에야 나지막하게 총성이 들려왔다.

─────────────────────────────······!!!!

그래픽 버그처럼 게임 내 새하얀 공간이 생성되었다.

무차별, 무규칙으로 반사되는 〈하얀 죽음〉이었으므로, 빛의 줄기 몇몇은 이하가 생각한 것과 다른 방향으로 뻗어 나가기도 했다.

공간 안에 여전히 남아 있던, 미처 대피 못한 유저들과, 마구잡이로 뻗어 나간 빛의 줄기들이 할퀴어 낸 흔적에 대한 대가.

개인을 상대로 〈하얀 죽음〉을 사용한다면 이하가 반드시 치러야만 하는 것이었다.


[당신은 유저 '필룩스'를 공격했습니다. 카오틱 지수가 상승합니다.]

[유저 '필룩스'가 죽었습니다. 카오틱 지수가 상승합니다.]

[당신은 유저 '나베네이베'를 공격했습니다. 카오틱 지수가 상승합니다.]

[유저 '나베네이베'가 죽었습니다. 카오틱 지수가 상승합니다.]

[당신은 유저 '김김김파'를 공격했습니다. 카오틱 지수가 상승합니다.]

[유저 '김김김파'가 죽었습니다. 카오틱 지수가 상승합니다.]

.
.

빠밤—!

순간적으로 주르륵 뜨는 시스템 알림 창에 이하는 잠시 어지러워졌다.

얼핏 봐도 한두 명이 아니다. 지금 생성된 업적은 결코 명예로운 게 아닐 것이다.

"퀘스트는— ."

"……클리어되지 않았다. 소장은 그 와중에 공간 결계를 설치한 놈을 찾아낸 거였나."

루거도 안타까움을 금치 못했다.

공간 결계를 친 마법사 직업군의 유저가 마지막 순간 브로우리스에게 사살당했고, 공간 결계가 풀리자마자 브로우리스는 도망친 것이다.

이하도 그런 상황쯤은 읽을 수 있었다. 당연히 부를 사람은 한 명뿐이었다.

—키드! 사람은? 누가 남았지? 소장님은 보여?

—당신이 한 일을 나에게 묻는 겁니까. 이곳에…… 생존자는 없습니다.

브로우리스는 사라졌고 남아 있던 유저는 모두 죽었으니까.

"젠장!"

이하는 바닥을 강하게 찼다.

뜯어진 풀들이 공중에서 나불거렸다.

"결국 소장의 그 움직임은 블링크 수준이 아니었다는 얘기군. 네 녀석이 날린 면적을 봐라. 저곳 어디에 있었어도 블링크 따위로 피할 거리는 되지 않았을 거야."

이하가 아쉬워하거나 말거나 루거는 이하가 내보인 '위력'을 보며 상황을 분석하고 있었다.

그것은 키드도 마찬가지였다.

다만 키드의 경우는 루거보다 조금 더 자세하게 〈하얀 죽음〉을 보고 있었다.

'풀 한 포기 남기지 않을 정도의, 이런 범위 공격이 가능하단 말입니까.'

화전火田이라도 벌인 것처럼 새카맣게 타 버린 땅이라니!

공격도 놀랍지만 이런 엄청난 기습 공격에도 벗어난 브로우리스는 또 얼마나 놀라운가!

"이 정도의 공간에서 벗어날 수 있다면 그것은 텔레포트라고 인정해야 합니다. 공간 결계가 사라졌으므로 텔레포— 아니, 아니, 아니."

이하의 능력을 생각하던 키드의 머릿속에 갑자기 다른 것이 번뜩였다.

브로우리스의 능력이 캐스팅 시간도 없는 텔레포트라고 본다면.

즉, 브로우리스가 '눈 내리는 모습'을 보고 그 위험을 간파, 공간 결계를 뚫고 도망친 것이라면…….

그는 과연 도망쳤을까?

브로우리스는 자타 공인의 특급 암살자다.

이런 규모의 공격을 퍼부을 수 있는 적이 있다면, 그리고 이런 공격을 연속으로 사용하지 못할 것이라는 걸 짐작한다면…….

자신을 노린 적을 그냥 둘 리 없다.

키드는 고개를 돌려 조금 전 이하, 루거가 있던 곳을 바라보았다.

―하이하! 루거!

그가 이름을 부르는 순간, 그곳에서 아주 작은 빛이 반짝였다.

연보랏빛이 아닌 공간 계열 스킬을 사용하는 건 한 사람밖에 없다.

타아아앙―――――――……!

이하와 루거가 쓰러져 있었다.

"결국 소장의 그 움직임은 블링크 수준이 아니었다는 얘기
군. 네 녀석이 날린 면적을 봐라. 저곳 어디에 있었어도 블링
크 따위로 피할 거리는 되지 않았을 거야."

루거가 이하를 흘끗 바라보았다.

이하는 여전히 입술을 깨물고 있었다.

'눈 내리는 걸 보고 도망친 건가. 피로트-코크리에 의해 깨
어난 언데드라면, 생전의 전투 능력과 습성을 모조리 보유한
상태일 테니 알아차릴 수 있었을 거야. 〈미드나잇 서커스〉의
단장이 그러했듯…….'

〈하얀 죽음〉이 무엇인지 브로우리스도 티아마트전에서 보
지 않았던가.

그렇다면 브로우리스에게도 감을 통해 도출되는 '결론'에
대해 인식하고 있다고 봐야 했다.

"눈치 하나는 귀신같군. 크크, 게다가 저렇게 움직이면 어
떻게 쫓으란 거야? 쫓기는커녕 쫓길 수…….'

"어?"

루거와 이하는 눈을 마주쳤다.

루거의 한마디는 루거와 이하, 모두에게 어떤 생각을 들게

만들기 충분했다.

저곳에 공간 결계는 없다.

브로우리스는 장거리 텔레포트를 쓸 수 있다. 이곳은? 여기도 공간 결계는 없다.

그렇다면…….

"빌어먹을, 엎드려라!"

루거는 다짜고짜 달리기 시작했다.

이하의 분석력보다 빠른 것은 역시나 그의 본능이었다.

텔레포트를 할 줄 아는 사람이 나타나는 위치는 너무나 뻔하니까.

"우아악, 루거?!"


―하이하! 루거!


달려온 루거가 이하를 옆에서부터 밀치며 두 사람이 뒤엉켜 쓰러지는 순간, 이하의 뒤에서 빛이 번쩍였다.

빛과 함께 등장한 사람은 조금의 망설임도 없이 '이하가 서 있던 곳'을 향해 발포했다.

타아아앙―――――――――……!

"……피했나."

"말을?"

"끄으으, 젤라퐁! 죽여! 비켜, 루거, 빨리 일어나!"

"젠장, 네 녀석이 허우적거려서—."

루거에게 깔린 이하였으나 사태의 심각성은 알 수 있었다.

브로우리스는 이런 것으로 당황하지 않는다. 그러나 일어서서 싸울 정도의 시간은 벌 수 있다.

젤라퐁은 이하의 몸에서 곧장 빠져나와 촉수를 들이밀었다.

〈전투 모드: 민첩〉의 젤라퐁 공격력이라면 결코 우습게 볼 수 없는 수준이다.

[묘호— 오오— 호오— 호오—!]

—, —, —, —, —, —, —…….

문제는 그 공격이 닿는가, 하는 점이었다. 쓰러진 루거와 이하가 일어나기까지 걸린 시간은 끽해야 1초도 되지 않았다.

그러나 그사이, 젤라퐁을 관통한 탄환은 열 발이 넘었다.

완전히 난도질을 당한 옷가지처럼 늘어진 채, 젤라퐁은 잿빛으로 변해 있었다.

"젤라퐁!"

이하는 곧장 젤라퐁을 향해 달렸다.

"소자아아앙!"

루거는 오른팔로 〈코발트블루 파이톤〉을 들고 브로우리스를 겨눴다.

루거가 방아쇠를 당기는 순간 브로우리스가 있던 자리에서 빛이 번쩍였다. 그러나 이미 알고 있는 패턴이었다.

루거의 왼팔은 벌써 그의 허리춤에 꽂혀 있던 머스킷-피스

톨을 꺼내 든 상태였다.

루거는 그대로 뒤를 돌며 발포했다. 브로우리스는 그 자리에 없었다.

브로우리스는 루거가 최초로 격발했던 〈코발트블루 파이톤〉의 전방 너머, 말하자면 포환이 이미 지나간 자리에 나타나 있었다.

콰아아아아————————————ㅇ!

이미 지나가 버린 포탄이 폭발했다.

브로우리스의 몸이 튕겨져 나갔다.

"와하핫! 나를 속였다고 좋아하고 있었나, 소장! 아카데미의 테스트 때부터 아직도 내 실력을 가늠하지 못하는군, 처음부터 시한신관탄이었다고!"

루거는 두 가지의 경우를 생각했다.

소장은 자신의 뒤를 잡기 위해 텔레포트하거나, 아니면 회피를 위해 포환의 궤적을 어느 정도 빗겨서 텔레포트할 것이라고.

일반적으로 둘 중 하나에 대응하면 다른 하나에 대응할 수 없다. 그러나 루거의 본능은 그 둘 모두를 잡아먹을 방법을 알고 있었다.

"〈다탄두탄〉!"

이하도 곧장 그곳을 향해 스킬을 쏘아 냈다.

잿빛으로 변했던 젤라퐁이 원상태로 돌아온 시점이었다.

물론 다탄두탄은 목표물을 맞히지 못했다.

　점멸과 함께 브로우리스는 이미 후방으로 돌아간 뒤였다.

　[묘오오…….]

　"젤라퐁, 미안하다. 하지만 나나 루거 중에 먼저 위험에 처하는 쪽으로 가서 방어 부탁해!"

　[묘옹, 뭉!]

　물속에서 즉시 살아나는 것보다는 확실히 딜레이가 있었다.

　다시 살아난 것이라도 고맙게 봐 줘야 할 정도의 차이였지만 지금의 이하에겐 그 정도면 충분했다.

　"후우…… 루거, 싸울 수 있지?"

　"말이라고 하나? 유일하게 유효타를 먹인 게 나밖에 없잖아!"

　폭염에 의한 연기가 본격적으로 걷히자, 두 사람은 다시금 긴장 상태로 돌아섰다.

　'마나를 사용하는지부터 확인해야 해. 〈마나 증발탄〉을 쏴서 어떻게 반응하는지 테스트할 필요가 있다.'

　텔레포트는 정말 무제한으로 가능한 것인가. 그 문제만 풀어도 상당한 진전이 있다고 볼 수 있다.

　블랙 베스의 총구는 이미 이하가 선 땅의 바닥으로 내려가 있었다.

　브로우리스가 텔레포트로 두 사람에게 접근하는 순간, 바닥으로 쏴 버릴 생각이었다.

다만 연기가 완전히 사라졌을 때, 두 사람은 잠시 당황해야 했다. 브로우리스는 움직이지 않고 그저 그들의 전방에 서 있을 뿐이었다.

양손에 든 총으로 두 사람을 겨눈 채.

"……소장님."

"소장! 아까 말한 걸 분명히 들었다. 기억은 남아 있나?"

루거가 악을 썼다. 브로우리스는 아무런 반응도 보이지 않았다.

루거의 손가락이 움찔거릴 때쯤, 또 다른 목소리가 들려왔다.

"하아, 하아, 전투 기술을 기억하고 있는 건 알고 있습니다. 하지만 우리도 기억하고 있는 겁니까."

어느새 도착한 키드가 두 사람의 곁에 섰다.

이하와 루거가 키드에게 눈짓했다.

너무 가깝다면 브로우리스가 갑작스레 뒤로 텔레포트했을 때, 서로가 서로에게 피해를 줄지도 모른다.

이대로 서로 마주 보며 사격전을 벌이더라도 적당한 반원 형태로 벌어져 브로우리스의 총구가 움직이는 시간을 조금이라도 벌어야 한다.

세 사람 모두 굳이 말할 필요도 없었다.

그러나 그들은 즉시 움직일 수 없었다.

"……이 정도로 숨이 가빠선 안 된다, 키드."

브로우리스의 한마디 때문이었다.

키드의 몸이 덜컥거렸다.

당장이라도 브로우리스에게 다가가 말을 걸려는 그의 감정과, 절대로 그렇게 해서는 안 된다는 그의 이성이 맞부딪쳤기 때문이다.

브로우리스의 고개가 루거를 향했다.

"루거, 그저 본능만으로 두 수 앞을 느낄 수 있게 되었으니 이제 걱정이 없다."

"두 수 따위가 아니라 세 수, 네 수라도 읽어 주겠어."

루거의 손가락도 움찔거렸다. 그러나 아까와 달리 브로우리스가 선택할 수 있는 경우의 수가 많아진 상태에서 함부로 선공을 펼칠 순 없었다.

브로우리스는 그사이 이하를 바라보았다.

이하도 그를 보았다.

코트를 입고 있었지만 모자는 루거의 폭발에 의해 날아가 그의 안면은 고스란히 드러난 상태였다.

흉터가 가득한 그의 얼굴에는 여전히 눈썹이 없었고Brow-less 무표정Browless했다.

그것은 생전의 브로우리스, 그 자체였다.

따라서 이하는 쉽사리 읽어 낼 수 없었다.

"그리고 하이하…… 많이 성장했군. 나는 기쁘다."

따스한 표정으로 자신에게 말을 거는 브로우리스의 진의를…….

저것은 새로운 전술인가, 방심시키려는 건가.

대답을 하는 순간, 그는 텔레포트로 자신의 뒤를 잡아 쏴 버릴지도 모른다.

그럼에도 혹시나 하는 희망이 생길 수밖에 없었다.

브로우리스는 다시 정신을 되찾을 수 있을까. 혹여 마왕군에서 벗어날 수 있는 것인가.

이하는 이를 악물었다.

궁금함을 참기 어려웠다. 한 번쯤은 물어봐도 괜찮지 않을까? 하지만 그래선 안 된다.

"소장님, 저격수는…… 도박을 하지 않습니다."

이하는 그대로 블랙 베스를 들어 올렸다. 브로우리스는 옅은 미소를 지으며 말했다.

"나를—."

투콰아아아——————……!

이하가 방아쇠를 당기는 타이밍에 맞춰 그는 텔레포트했다.

"어디냐!"

"홉—."

루거와 키드도 곧장 주변을 둘러보며 그의 흔적을 찾으려 했으나, 브로우리스는 보이지 않았다.

들려오는 것은 익숙한 목소리뿐이었다.

"혀어어엉! 〈공룡화〉!"

"케이, 그리고 여러분! 그대로들 달리세요, 여기서부터 공간을 막을 테니까!"

"징경경 씨! 주변에 뭐 보이는 거 없어요?"

"하, 하늘에서는 아무것도 보이지 않습니다! 방금 브로우리스가 사라졌어요!"

길드 별초의 인원들이 이곳을 향해 달려오고 있었다. 이하와 루거 그리고 키드는 잠시 서로를 보았다.

브로우리스는 지능 없는 언데드가 된 것이 아니다.

생전의 모든 기술과 심지어 모든 기억을 갖고 있다.

"통제할 수 없는 것은 행동뿐인가……. 퉤, 짜증 나는군. 피로트-코크리 개 같은 년. 그보다 하이하 네 녀석이 쏘기 전에 분명 무슨 말을 하려고 했던 것 같은데."

"응. 입 모양이 움직이는 건 봤는데 정확히 못 들었어. 제기랄……. 어차피 쏴야 했다고."

놓쳐선 안 되는 적이었다.

대화의 순간순간이 전부 위기가 될 수 있다.

이하가 격발한 것은 결코 틀린 선택이 아니었기에 루거도 이하에게 투덜거리진 않았다.

그러나 이하, 루거와는 조금 다른 감정을 지닌 자도 있을 것이다.

두 사람은 동시에 키드를 보았다.

"난 들었습니다."

"들었다고? 말을 다 끝내지도 않았는데?"

"그럼 정정하겠습니다. 듣지 않아도 알 수 있습니다."

"뭔데? 키드 당신이 아는 내용은—."

키드는 모자를 벗어 그것을 들곤 자신의 얼굴에 부채질을 했다. 살랑거리는 바람이 키드의 머리를 날리게 만들었다.

"나를 죽여라."

그러곤 브로우리스가 마지막으로 남기고자 했던 말을 되뇌었다.

이하와 루거는 키드의 말에 반대하지 않았다.

함정이라는 생각이 들 정도로 브로우리스의 말은 생전과 같이 들려오지 않았던가.

"그럼 그 말투는— 마지막으로 한 번 더 보게 되어 기쁘다는 의미가…… 맞는 걸까."

"흥, 다시는 볼 수 없을 줄 알았던 우리 실력을 확인했으니 즐겁기도 하겠지. 구시대의 유물은 빨리 물러나기나 하라고 해."

루거는 투덜대며 코발트블루 파이톤을 장전했다.

이하는 키드를 흘긋거리며 루거를 말리려 했으나, 그것은 오히려 불필요한 행동이었다.

"루거! 말이 너무—."

"아니, 루거의 말이 맞습니다. 우리는 우리의 할 일을 하면 되는 겁니다."

키드는 그대로 언덕을 내려가기 시작했다.

"키드? 어디 가나."

"왕궁으로 가야 하지 않겠습니까."

"잠깐만! 키드! 방금 전투로 느낀 점 없어? 우리 셋이 덤벼도 확실한 준비가 없으면 당한다고!"

키드가 어째서 왕궁으로 가는지 이하는 알 수 있었다.

국왕을 미끼로 삼아 브로우리스를 끌어내자는 그 작전을 사용하려는 게 분명했다. 그러나 성공 가능성이 있을까.

조금 전 전투를 경험하고도 저런 말을 하다니!

어느덧 이하의 근처까지 온 별초의 인원들이 황급히 주변을 살펴보았다. 그들은 완전한 전투 태세였다.

[형! 브로우리스는?]

"이하 씨! 괜찮아요? 지금 〈세이크리드 기사단〉에서도 이 부근을 봉쇄하기 위해 오고 있어요!"

그러나 이하는 그들에게 답하지 않았다.

그들을 밀치며 언덕을 내려가는 키드에게 소리쳤다.

"잠깐, 키드! 멈춰!"

키드는 발걸음을 멈추고 뒤를 돌아보았다. 이하는 그를 보며 고개를 저었다.

키드의 상태가 어떤지 알 수 있다. 브로우리스를 보고 요동치는 감정을 억누르고 있는 게 틀림없다.

이렇게 막무가내로 돌진하는 건 키드의 스타일이 아니다.

'감정만으로 작전은 성공할 수 없어.'

그것은 도박이나 마찬가지다. 이하가 키드를 말리려는 이유는 일견 타당했다.

"정신 차려. 지금 그 마음은 알겠지만 이대로 가서 그 작전을 실행하는 건—."

"할 수 있습니다."

"뭐?"

그러나 키드는 전혀 흔들리지 않고 있었다.

브로우리스가 죽었던 바로 그날, 키드의 마음속에는 이미 묘비가 세워졌으니까.

죽었다가 살아난 자에게 흔들리지 않는다. 죽은 자는 말이 없다.

되살아나 돌아다니는 건 망령만이 하는 짓이다.

그는 브로우리스를 죽이기 위한 마음의 준비를 마쳤다.

"한 번 보니 알 수 있습니다."

"아니— 당신이 제대로 싸울 수 있다는 건 알겠는데 그거랑 다르게—."

"이길 수 있다는 뜻입니다. 갑시다."

그리고 현실적인 준비도, 조금 전 마친 것이었다.

[얼레리? 형? 뭔— 키드 님이 브로우리스 잡을 수 있다는

말이야?]

"······나도 모르겠어."

확실히 브로우리스와 키드가 제대로 붙은 상황은 보이지 않았다.

루거의 포격이 몇 번 있었고 이하 자신의 〈하얀 죽음〉이 무위로 돌아간 이후, 상황이 종료되어 버린 상태였으니까.

'저런 식으로 자신감을 내보이는 타입이 아닌데. 그런 건 차라리—.'

이하는 자기도 모르게 루거를 보았다.

루거 또한 이하가 무슨 생각을 하는지 알고 있다는 듯 버럭 화를 냈다.

"이 자식이! 왜 나를 봐!?"

"루거, 당신은 어떻게 생각해? 키드가 저렇게 행동하는 게—."

"망할 놈이지. 뭔가 또 숨겨 둔 게 있는 건지, 어쩐 건지."

루거도 반신반의하긴 마찬가지였다. 어쨌든 그들은 더 이상 이곳에 있을 수 없었다.

이하는 별초의 유저들과 잠시 대화를 나눈 후, 퓌비엘의 왕궁으로 내려가기 시작했다.

가는 도중 브로우리스와 어떤 식으로 전투가 벌어졌는지 설명해야 했으므로, 징겅겅의 눈이 튀어나올 듯 커진 것 또한 당연한 일이었다.

"그럼— 하늘에서 보였던…… 그 새까만 땅은 이하 씨가?"

그는 금 독수리로 변해 하늘에서부터 접근하지 않았던가. 이하의 〈하얀 죽음〉이 사라진 이후의 그림을 이미 보았다.

"안타까운 일이죠. 카오틱 수치 푸는 거야 퓌비엘에 벌금 내고, 에즈웬의 퓌비엘 대교구 쪽에 참회금 내서 어떻게 할 수 있다지만……. 죽은 사람들 기분은 그게 아닐 테니까요. 우편으로 사과문이랑 선물도 좀 보내 놓고 해야지. 나중에 귓말로 일일이 사과도 하고……."

다시 정상으로 돌아가기 위해선 상당한 골드가 소모되겠지만 다행히 지금의 이하에게 그 정도는 문제가 되지 않았다.

"몇 명이나 죽였는데? 브로우리스한테 죽은 거 아냐? 형이 죽였다는 건 알림 창으로 뜰 거 아냐."

"응. 떴지."

"몇 명인지 물어봐도 되겠습니까, 하이하 씨."

조심스레 묻고 있지만 눈이 반짝거리는 혜인이었다. 굳이 숨길 것도 아니었으므로 이하는 자신의 '업적'을 설명해 주었다.

### 〈업적: 대량 살인범으로의 첫발(S)〉

진심이신가요? 당신은 이제 연쇄 살인범이 아닙니다. 불과 2시간 사이에 50명 이상을 죽인 미치광이 대량 살인범이 되었군요. 3일에 걸쳐, 7일에 걸쳐, 30일에 걸쳐 사람을 죽이는 연쇄 살인범들도 당신의 앞에선 모두 무릎을 꿇어야 할 것입니다. 당신의 악평이 대륙 곳곳으로 퍼지는 것을 즐기는 시간도 얼마 남지 않았습니다. 대륙의 모든 정의로운 자들이 당신을 노리기 시작할 테니까요. 저주받아 마땅한 당신을 미들 어스는 용서하지 않을 겁니다.

보상: 스탯 포인트 25개
소속국 전 지역 현상 수배 및 위치 노출
인접국 전 지역 현상 수배
모든 〈기사단〉 소속 NPC 및 유저와 전투 시 모든 스탯 30% 감소
〈현상금 사냥꾼〉 직업군 유저와 전투 시 모든 스탯 35% 감소
검거당할 시 추가 레벨 하락 3 및 20 골드 페널티
사망 시 추가 레벨 하락 2 및 10 골드 페널티 및 48시간 추가 접속 제한


"흐음, 3, 7, 30일 기준의 연쇄 살인마 업적이 있나 보군요. 저레벨 PK유저들이 스탯 먹으려고 한다는 얘기를 들어 보긴 했는데……."

"하아아…… 너무 흥미로워하지 마세요. 저는 갑갑합니다. 아! 더 웃긴 건 명예의 전당도 안 떴다는 거죠."

미들 어스를 즐기는 또 다른 방법 중 하나라는 걸 이하도 알고 있지만, 2시간 사이에 50명을 PK할 정도로 극악무도한 플레이를 즐긴 자가 3명 이상이라는 건 조금 슬픈 일이었다.

그 와중에도 기정은 이하를 보며 낄낄거리고 있었다.

"우하핫! 신 여사님 불러오자! 지금이라면 엉아는 신 여사님한테 한 방 컷―."

"기정 씨, 웃겨요?"

"아닙니다."

보배에 의해 기정의 까불거림이 멈추고 나서야 다시 분위기는 '브로우리스 척살'로 흘러가고 있었다.

키드가 자신감을 내비쳤다지만 그것만 믿고 있어서는 안 된다.

"국왕을 미끼로 쓰자는 건 저도 동의합니다. 애초에 저희에게 뜬 퀘스트의 실패 조건이니……. 시스템적으로 생각해도 반드시 다시 모습을 드러내려 하겠죠."

"저도 혜인 오빠 말에 동의! 그리고 언제 나올지 모른다면, 우리가 왕을 전면에 내세워서 '시기'를 정해 버릴 수 있잖아요? 대응하기에는 역시 그게 제일 나을 것 같은데."

그들은 어느새 수도의 성문 근처까지 왔다. 당연히 수도에 대한 경비는 역대 최고로 삼엄해진 상태였다.

그런 모습을 보고 나서야 이하는 골머리가 아파 왔다.

당연히 메달 오브 아너의 수여자이자 퓌비엘의 성주 중 한 사람을 즉각 척살하려 들지는 않겠지만 분위기가 분위기인 이 시국에 하필이면 살인범이 되다니…….

"신원 보증인이라도 불러와야 할 것 같은데."

"하핫. 걱정 마, 형! 나도 있고! 보배 씨도 있고! 별초 길드가 보증하면 설마 뭐 안 되겠어?"

실제로 경비병 NPC들과 세이크리드 기사단의 NPC들이 이하를 상당히 경계하긴 했으나 진입에 큰 문제는 없었다.

그 와중에 루거가 '여기 살인범이 있다, 잡아 죽여라!' 하면서 이하를 놀리는 것 때문에 조금 시끌벅적한 분위기가 되었을 뿐이다.

여전히 평소보다 사람이 북적대고, 뒤숭숭한 수도 아엘스톡의 거리를 지나, 마침내 퓌비엘의 왕궁까지 도달했을 때…….

키드는 그곳에서 누군가와 대화를 나누고 있었다.

키드와 대화하던 유저는 이하와 별초 무리를 바라보며 반갑다는 듯 손을 흔들었다.

"여— 하이하 씨!"

"……라르크? 라르크 씨 당신이 어떻게 여기에— 아! 우리는 타국 출입 금지가 아니구나."

미니스는 타국민의 입국 금지를 한 것뿐이지, 자국민의 출국 금지를 한 것은 아니다.

퓌비엘 또한 타국 유저와 NPC들의 통행을 막은 게 아니므로 라르크가 이곳에 있는 건 불가능한 일이 아니었다.

그래도 이하는 라르크의 행동이 이해되지 않았다.

당장 퓌비엘보다 더 시끄러운 곳이 미니스의 수도일 텐데 그가 어째서 이곳에 있을까.

라르크는 말에서 내려 NPC에게 고삐를 맡기곤 이하에게 걸어왔다.

"잠깐 얘기 좀 할 수 있을까요?"

"무슨 얘기?"

"키드 씨한테 대강 듣긴 했는데, 하여튼 제가 좀 급한 문제가 있는데 도움을 청하려고요."

"무슨 문제 있어요?"

이하는 고개를 갸웃거렸다. 그리고 라르크의 이야기를 듣게 되었다.

퓌비엘의 육군 사령관, 그랜빌을 〈신성 연합〉으로 '당장' 빼내야 한다는 것.

당연히 퓌비엘의 국왕은 그것을 허락하지 않을 테고, 퓌비엘의 비상사태라도 해제시키기 위해서는 브로우리스를 빠른 시일 내에 잡을 필요가 있다는 제안이었다.

이하는 라르크의 이야기를 들으며 웃었다.

이야기를 꺼내는 라르크도 웃고 있었다.

두 사람은 같은 생각을 떠올렸다.

"말하자면 라르크 씨도 힘을 보태서 내 문제와—."

"내 문제를—."

"한 큐에 해결해 버리자는 거잖아요."

"체스 용어로 '더블 체크'라고 하지요."

"갑자기 웬 체스? 하여튼—."

"해 볼 만하다~ 이 말이지."

그런 점에서 라르크는 최적의 파트너 중 하나라고 볼 수 있었다.

키드가 아직까지 왕궁 안으로 들어가지 않고 있던 이유도 바로 이런 점을 떠올렸기 때문이었다.

거기에 더해, 삼총사와 브로우리스의 첫 번째 격돌의 여파는 짙게 퍼지고 있었다.

승리하지 못했기 때문에 나올 수 있는 영향력이기도 했다.

"갑자기 서벽 너머에서 눈의 정령이 느껴진다 했더니만……. 하이하 씨였나 보네요? 다들 무슨 작당을 하시는 걸까아~?"

"오, 하얀 눈의 정령사님, 오랜만입니다."

"프레아 씨!"

스킬 〈스노우 스톰〉으로 인해 무언가를 느끼고 온 프레아.

그의 뒤에서 슬그머니 나타난 또 다른 청년도 있었다.

"하핫…… 수도 근처에서 누군가가 '대학살'을 벌였다기에 어떤 정신 나간 사람인가 했습니다. 아무래도 뭔가가 잘못된 모양이죠?"

"이환 씨!"

능글능글한 웃음으로 이하를 놀리는 환영술사, 이환. 그는 이미 이하가 어떤 짓을 벌였는지 알고 있었다.

라르크는 그의 인사를 들으며 이하와 이환을 번갈아 보았다.

"일루셔니스트! 근데 하이하 씨가 뭔 짓을 했나 보지? 뭡니까?"

"아마 〈기사단〉 창 띄워 보면 아실 겁니다."

"기사단 창…… 왁! 뭐야?! 내가 지금 사탄이랑 대화를 하고 있었네!"

"그, 그건 근데 진짜 실수였다고요! 그리고 그런 말을 굳이 또 이 인간한테……."

프레아와 이환은 시작일 뿐이었다.

이하가 벌인 짓은 수도 아엘스톡에 순식간에 퍼져 나가게 되었으므로, 그 용의자(?)와 대화하기 위해 모여드는 사람은 한둘이 아닌 게 당연했다.

몰려드는 사람들 중 주요 인원만 추려도 '재료'로 사용하기에 충분할 정도였다.

이하와 루거, 키드.

페이우와 황룡의 랭커 및 아웃사이더.

신나라와 〈세이크리드 기사단〉.

기정과 혜인 그리고 '별초'.

프레아와 이환.

라르크.

"쓸데없는 짓했다면서?"

"화연아!"

"오빠. 악마."

이 모든 재료를 기초로 그림을 그려 줄 또 한 명의 브레인 까지……

갑자기 복작거리게 된 퓌비엘 왕궁의 성문 앞에서, 이하는 람화연에게 귓속말을 보냈다.

자신들이 앞으로 사용할 작전에 대한 간략한 설명만으로 람화연은 고개를 끄덕였다.

"왕을 미끼로 쓰되 함정처럼 보여선 안 되는 게 포인트겠군. 브로우리스가 현재의 '삼총사' 이상의 실력을 지니고 있다면 웬 만한 투명, 은신 스킬 따위는 순식간에 간파할 테니까. 아니, 정 확히 말하면 함정처럼 보이지 않되, 함정임을 깨닫게 하면서 도…… 그 함정을 밟을 수밖에 없게끔 만들어야 할 거야."

"과연. 람룽 그룹이 괜히 성장하는 게 아니라니까."

"결국 미끼도 필요하고, 미끼를 감출 것도 필요하겠군요."

최소한의 인원만 투입해서 브로우리스를 잡으려면 최정예 인원, 그것도 적재적소에서 불규칙적인 스킬을 보유한 유저 들이 나서 줘야 한다.

이야기를 듣자마자 핵심을 뽑아내는 람화연에게 몇몇 유저 가 감탄을 내뱉었지만 불행하게도 이하는 그 '몇 명' 안에 들어가지 못했다.

"으, 응? 그게 무슨 소리지?"


─엉아, 난 가끔 람화연 님 말씀하시는 거 들으면…… 엉아네 커플이 어떻게 지내는지 이해가 안 돼.


이하와 같은 입장에 처한 기정의 귓속말이 허망하게 울려 퍼지고 있었다.

어차피 본격적인 작전 수립은 이제부터다. 이하는 뺨을 탁 탁 치며 주변을 돌아보았다.

"그럼 우선─ 회의실로 들어갈까요?"

"뭬, 왜 네가 대장인 척하는 거지? 대량 살인마가 어딜 성문을 통과하려고 하나. 닥치고 나만 따라와."

"야, 내가 왜! 나도 들어갈 수 있어!"

그런 이하를 밀치고 들어가는 루거를 시작으로 유저들의 퓌비엘 왕궁 입성 행렬이 이어졌다.

국왕을 미끼로 한 브로우리스 낚시의 계획 초안이 완성되기까지는 그리 오랜 시간이 걸리지 않았다.

4일이 지났다.

불과 4일 만에 퓌비엘의 수도 아엘스톡의 거리는 황량하게 변해 있었다.

물론 평소와 같은 상태지만, 그간 퓌비엘의 2천만 유저들이 수시로 드나들었던 것에 비하면 유령 도시처럼 느껴질 정도였다.

"적도 쉽게 들어오진 못하겠지."

"주변을 뒤져야 해, 주변부터."

"황룡의 유저들이 전부 흩어졌다니까, 결국 페이우 님이 가는 곳에 나타날 확률이 제일 높아. 페이우 님의 뒤만 쫓아도 콩고물은 먹을 거야!"

그 일을 해낸 가장 큰 공신은 페이우와 황룡이었다.

배추 도사, 무 도사는 물론 길드 황룡의 모든 랭커와 아웃사이더들은 수도 아엘스톡을 벗어나 수색 범위를 넓히기 시작했고, 퓌비엘은 물론 미들 어스 최다 인원을 보유한 황룡의 정보망에 얹혀 가려는 유저들이 그의 뒤를 쫓기 시작했던 것이다.

그것은 마치 피리 부는 사나이와 쥐 떼의 형국이었다.

"페이우 님, 오늘도 별 소식은 없습니다."

"됐다."

"그런데, 저기……. 정말 이렇게 해야 하는 겁니까? 사실 왕궁에 나타날 확률이—."

"그거면 된다. 하이하 대협의 뜻이 그러하다면 나 또한 대의를 위하여, 그리고 그간 받은 빚을 갚기 위하여 내 몫을 다해야지."

"……알겠습니다."

이번 퀘스트와 작전은 성공을 하더라도 아무런 보상을 받지 못할 가능성이 높았지만, 페이우는 피리 부는 사나이 역을 흔쾌히 수락했다.

그간 이하와 기정 등에게 도움을 받았기 때문만은 아니었다.

"'협객불망원'이라. 어느 책에서도 나오는 이야기지만 나 또한 그 말을 믿는다. 대협들은 이번 일을 잊지 않을 것이니, 걱정하지 마라."

"예, 계속 '전진'시키겠습니다."

페이우는 고개를 끄덕이며 명목상의 길드 마스터를 내보냈다.

삐뜨르와 역전된 순위를 회복하기 위해서, 나아가 이지원 등을 넘어서기 위해서라도 페이우는 그들의 도움을 받을 때가 있을 것이다.

그리고 페이우의 생각은 틀리지 않았다.


기정은 방패 끝을 발로 툭, 툭 건드리며 말했다.

"아무리 그래도 이렇게 노골적으로 함정인 걸 아는데, 올까?"

"못 들었어요, 기정 씨? 왕자는 우리와 람롱 그리고 세이크리드까지 나서서 전부 막고 있는 데다― 별궁 내부로는 텔레포트도 불가능하잖아요. 거기에 모든 물리적인 출입구엔 비예미 씨의 함정이 설치되어 있고, 징경경 씨의 풀들이 알람까지 해 주니까."

보배가 가만히 대답했다.

"그러니까, 이 계획이 가능한가 하는 거죠. 지나칠 정도로 왕자들만 방어를 해 놔서요. 국왕 경비를 강화해야 하는 거 아닌가?"

"그걸 이용하는 게 계획의 핵심이죠."

기정을 보며 라르크가 실실 웃었다.

"네?"

"페이우와 황룡이 쥐 떼들을 끌고 나간 지금밖에 기회가 없다는 걸 브로우리스도 잘 '이해'하고 있을 테니까……. 반드시 온다는 겁니다. 이제 사람들이 쉽사리 돌아올 수 없는 거리까지 간지 4일째……. 그리고 연락이 뜸할 수밖에 없는 밤. 예를 들면―."

타아아앙―――――……!

"―오늘!"

4일째의 밤, 퓌비엘의 수도에서 총성이 울렸다.

―프레아예요~! 성문에서 연보랏빛 발견! 뭔가가 망토를

펄럭거리며 중앙궁으로 접근하는 것 같은데 아마 겉보기로 보자면…….

　—프레아 씨! 중계가 늦잖아요! 간략하게! 혜인 씨! 곧장—.

　답답한 마음에 이하가 소리치는 순간, 이미 퓌비엘의 모든 왕궁을 뒤덮을 정도의 거대한 연보랏빛 돔이 형성되고 있었다.

　최초의 총성이 들림과 동시에 공간을 잠가야 한다는 것을 가장 잘 이해한 사람이 바로 혜인이었다.

　—막았습니다. 바하무트라도 즉발 텔레포트를 쓰긴 어려울 정도로 강력하게!
　—어머? 중앙궁으로 가던 목표물이 회전합니다. 방향은 좌측 성채, 아! 지금 성채 앞 경비들이 죽었어요. 성채 안으로 들어갑니다.
　—네?

　브로우리스는 특급 암살자다.
　공간을 잠그는 세이지를 가장 먼저 처리해야 함을 알고 있고, 연보랏빛 돔이 최초로 형성되는 지점에 바로 세이지가 있다는 걸 아주 잘 인식한 NPC라는 뜻이다.

"이럴 때가 아니라—."

혜인은 허겁지겁 스태프를 들어 올렸다. 좌측 성채의 첨탑이 바로 혜인 자신이 위치한 곳이었다.

그런데 브로우리스가 벌써 이곳으로 들어왔다면?

————, ————, ————!

총성이 연달아 울렸다. 그에게 들키지 않고 성채 바깥으로 나갈 수는 없다.

혜인이 택한 곳은 성채의 창문이었다.

"일단 마법으로 피해야 하나? 〈플라이〉!"

혜인은 스킬을 쓰고 곧장 창문으로 뛰었다.

콰아아아앙—!

그 순간, 혜인이 있던 방의 문이 열렸다.

"말도 안 돼. 벌써—."


타아아앙————————……!


브로우리스는 혜인을 쏘았다. 탄환은 혜인의 심장을 파고들었다.

"……하이하."

[묘오오오옹—!]

정확히는, 혜인의 몸 전체를 감싸고 있던 젤라퐁의 몸을 후

벗다.

"그리고 루거."

혜인의 몸이 창밖으로 사라진 순간, 브로우리스는 곧장 방에서 벗어났다.


콰아아아아━━━━━━━━━━━이!


"우와아악! 저까지 죽이려는 셈입니까아아아아아아─."

좌측 성채의 첨탑이 통째로 폭발했다.

무수히 많은 파편들과 함께 혜인은 가까스로 비행 스킬을 활용해 그곳을 벗어났다.

그리고 조금 전까지 왕궁 정문 성벽 위에서 그곳을 노리고 있던 두 명의 사수가 티격 대는 중이었다.

"빌어먹을, 손맛이 없다. 벌써 튀었어!"

"젠장, 그니까 그냥 밖으로 빼내라고 했잖아! 내가 쏘는 게 낫다니깐 괜히 욕심을 부려 가지고!"

"두 사람 다 조용히 해요! 어차피 여기선 혜인 씨를 지키는 것까지가 목표였으니까."

람화연이 한마디로 이하와 루거를 조용히 만들었다.

브로우리스를 이번 턴에 잡으려던 이하, 루거와 달리 람화연의 작전에 처음부터 그 확률은 극히 낮게 계산되어 있었다.

'딱 이 수준에 잡힐 거였으면 지금 이 시간에 오지도 않았

어. 역시 브로우리스다. 로그아웃을 이해하고 있는 NPC야.'

4일째의 밤이 언제인가.

처음 작전을 수립한 이래 로그아웃조차 하지 못하고 대기 중이던 유저들에게 가장 피로가 몰려올 시간이다.

로그인, 로그아웃 그리고 NPC와 유저의 개념을 어렴풋이 인식하고 있는 NPC 암살자는 '유저'들이 가장 피곤해할 만한 시간대를 노린 것이 분명했다.

'아니, 정확히 말하면 미들 어스 일반적인 유저들의 로그아 웃 패턴을 AI가 분석한 거겠지.'

통상적으로 미들 어스 시간 3일이면 게임을 오래 플레이한 축에 끼지 않던가.

4일째의 밤처럼 애매한 시간대라면 명령 체계가 완전히 무 너졌다고 AI는 계산했으리라.


─프레아 씨, 중계해 줘요!

─좌측궁을 빠르게 내려가고 있─ 1층 도착, 바로 중앙궁 을 향해 달려갑니다.


그 정도는 람화연과 라르크 또한 계산하고 있었다.

─, ─, ─, ─, ─, ─, ─……

국왕이 있는 중앙궁에서 무수히 많은 총성이 울렸다. 좌측 성채의 첨탑과 달리, 중앙궁의 왕좌는 그렇게 높은 층에 위치

하고 있지 않다.

첨탑조차 그토록 빠른 시간에 도착한 브로우리스가 왕좌까지 오는 시간이 오래 걸릴 리는 없었다.

콰아아아앙—!

즉, 성문이 부서지는 순간 국왕과 함께 있던 유저들이 반응할 수 있다는 의미였다.

"왔뜨아아아아, 모두 죽지 마세요, 〈공룡화〉!"

"기정 씨나 조심해요, 〈멀티플 애로우〉!"

"부탁드립니다, 람화정 님! 〈에떼르망étirement〉, 세이크리드 기사단은 적을 척살하라!"

기정과 보배 그리고 신나라와 최정예 세이크리드 기사단원 다섯이 달려 나갔다.

"〈아이스 캐슬〉."

국왕의 보호를 위한 스킬은 한 사람에게 맡겨도 충분하다.

람화정의 스킬과 동시에 국왕과 람화정, 두 사람을 둘러싼 두꺼운 얼음의 벽이 솟아올랐다.

전방과 좌우의 벽은 물론 지붕과 보까지 생긴 완전한 얼음 성채였다.

자체 버프로 민첩을 올린 신나라와 토온의 뼈로 뒤덮인 기정 그리고 세이크리드 기사단원들이 달려오고 있음에도 브로우리스는 당황하지 않았다.

"늦다."

그는 오히려 유저들을 혼냈다.

그 순간, 브로우리스의 모습이 사라졌다.

《마탄의 사수》 47권에 계속